{ A música desperta o tempo

A música desperta o tempo
Daniel Barenboim

Edição
Elena Cheah

Tradução do inglês
Eni Rodrigues

Tradução do alemão
Irene Aron

martins fontes
selo martins

© 2007 Giangiacomo Feltrinelli Editore, Milano.
© 2009 Martins Editora Livraria Ltda., São Paulo, para a presente edição.

Publisher *Evandro Mendonça Martins Fontes*
Produção editorial *Luciane Helena Gomide*
Projeto gráfico *Jordana Chaves*
Diagramação *Casa de Idéias*
Tradução *Eni Rodrigues* (prelúdio, capítulos 1 a 6 e apêndices 1 e 4 a 7)
Irene Aron (apêndices 2 e 3)
Preparação *Mariana Zanini*
Revisão *Angela das Neves*
Carolina Hidalgo Castelani
Daniel Candeias
Denise R. Camargo
Dinarte Zorzanelli da Silva

Dados Internacionais de Catalogação na Publicação (CIP)
(Câmara Brasileira do Livro, SP, Brasil)

Barenboim, Daniel, 1942- .
A música desperta o tempo / Daniel Barenboim ; tradução do inglês Eni Rodrigues; tradução do alemão Irene Aron. – São Paulo : Martins, 2009.

Título original: Music quickens time
ISBN 978-85-61635-17-6

1. Música 2. Música – Aspectos sociais 3. Música – Filosofia e estética 4. Música – Interpretação 5. Música e sociedade I. Título.

09-01786 CDD-780.1

Índices para catálogo sistemático:
1. Música e sociedade : Filosofia e teoria   780.1

Todos os direitos desta edição no Brasil reservados à
Martins Editora Livraria Ltda.
Av. Dr. Arnaldo, 2076
01255-000 São Paulo SP Brasil
Tel.: (11) 3116 0000
info@martinseditora.com.br
www.martinsmartinsfontes.com.br

1ª edição Junho de 2009 | 1ª reimpressão abril de 2013 | Fonte Adobe Garamond Pro
Papel Pólen Soft 80 g/m² | Impressão e acabamento Corprint

Aos músicos da orquestra West-Eastern Divan

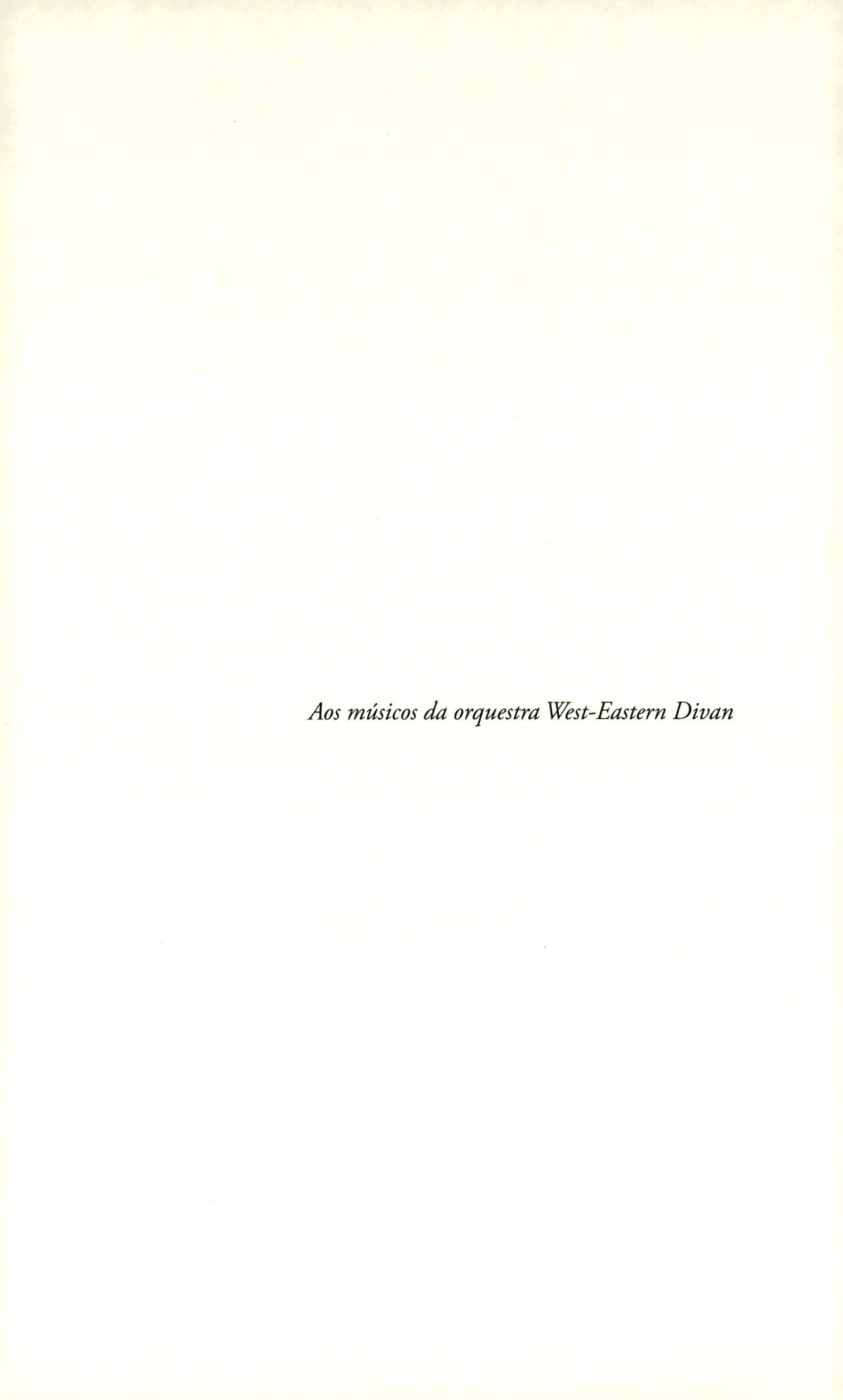

Sumário

Prelúdio 9
1. Som e pensamento 11
2. Escutar e ouvir 29
3. Liberdade de pensamento e interpretação 49
4. A orquestra 61
5. A história de dois palestinos 89
6. *Finale* 109

Apêndices
1. "Fui criado ouvindo Bach" 129
2. Sobre Mozart 135
3. Ele tomou esta imensa liberdade 145
4. Sobre Boulez 149
5. Recordando Edward Said 159
6. Eu tenho um sonho 161
7. Barenboim ao receber o Wolf Prize 165

Prelúdio

Começar um concerto é sempre um privilégio maior que começar um livro; alguns podem até mesmo afirmar que o som tem maior alcance que as palavras. Um livro é repleto de palavras que são usadas constantemente, dia após dia, para explicar, descrever, exigir, argumentar, suplicar, entusiasmar e falar a verdade e a mentira. Nossos pensamentos tomam forma através de palavras, por isso as que assumem a forma escrita acabam tendo de competir com aquelas que povoam nossas mentes. A música, entretanto, tem à sua disposição uma gama muito maior de associações em razão de sua natureza ambivalente, dentro e fora do mundo.

Atualmente, a música tem uma onipresença caótica e desagradável em restaurantes, aviões e outros locais, e é justamente essa onipresença que representa o maior impedimento à sua integração em nossa sociedade. Nenhuma escola eliminaria o estudo de idioma, matemática ou história de seu currículo, no entanto, o estudo da música, que abrange tantos aspectos dessas áreas do conhecimento e pode até contribuir para uma melhor compreensão deles, muitas vezes é inteiramente ignorado.

Este livro não se restringe apenas a músicos ou não músicos, mas principalmente para mentes curiosas que desejem descobrir as semelhanças entre música e vida, e a sabedoria que se torna audível a um ouvido apurado. Esse não é um privilégio reservado a músicos altamente talentosos que estudam música desde muito jovens nem é um isolamento da vida real, luxo exclusivo dos ricos; diria que é uma necessidade básica para desenvolver um ouvido inteligente. Como explicarei adiante, no capítulo "Escutar e ouvir", podemos aprender muito a respeito da vida pelas estruturas, pelos princípios e leis inerentes à música, se esses são experimentados pelo ouvinte ou pelo executante.

Muitos dos tópicos que são discutidos neste livro têm ocupado meus pensamentos por décadas e são resultado de quase sessenta anos de atuação, instrução e contemplação. Em meu primeiro livro, *A life in music** [Uma vida na música], que segue um viés autobiográfico sem ser, entretanto, uma autobiografia, comecei a tratar desses temas. Em outro, *Parallels and paradoxes* [*Paralelos e paradoxos: reflexões sobre música e sociedade***], escrito em coautoria com Edward Said, são exploradas as relações entre a música e a sociedade. Quando fui convidado a ministrar as palestras Norton na Universidade de Harvard, no outono de 2006, surgiu a oportunidade de desenvolver minhas ideias sobre as conexões entre música e vida mais extensivamente, e neste livro esses pensamentos são mais amplamente desenvolvidos.

---

* Ainda não publicado em português. (N. T.)
** Daniel Barenboim e Edward Said, *Paralelos e paradoxos: reflexões sobre música e sociedade*, São Paulo, Companhia das Letras, 2003. (N. T)

1. Som e pensamento

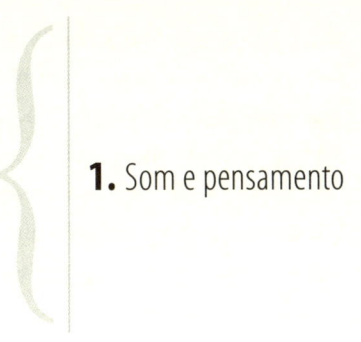

Acredito veementemente que seja impossível falar sobre música. Existem muitas definições que, de fato, apenas descrevem uma reação subjetiva a ela. Para mim, a única delas realmente precisa e objetiva é a de Ferruccio Busoni, o grande pianista e compositor alemão que disse que música é ar sonoro, pois diz tudo e nada ao mesmo tempo. Schopenhauer, por sua vez, viu na música uma ideia de mundo. Dela, assim como da vida, só é realmente possível falar tomando por base nossas próprias reações e percepções. Se eu tento falar sobre música é porque o impossível sempre me atraiu mais que o apenas difícil. Se existe algum sentido por trás disso, tentar o impossível é, por definição, uma aventura capaz de proporcionar um sentimento de ação que eu considero altamente atrativo, e ainda com a vantagem de que nela o fracasso não é somente tolerado, mas esperado. Portanto, tentarei o impossível e procurarei delinear algumas conexões entre o conteúdo inexprimível da música e o conteúdo inexprimível da vida.

Afinal de contas, não seria a música apenas uma coleção de belos sons? Em seu tratado *Some thoughts concerning education* [Pensamentos sobre a educação], publicado em 1692, John Locke diz, de diversas maneiras, que:

> [...] acredita-se que a música tenha uma certa afinidade com a dança, e a capacidade para tocar um instrumento é extremamente valorizada por muitas pessoas. No entanto, para se adquirir uma habilidade, mesmo que somente medíocre, despende-se muito tempo e, frequentemente, convive-se com indivíduos tão excêntricos, que muitas pessoas pensam que é melhor desistir dela. Raramente ouço, entre homens talentosos ou empresários bem-sucedidos, alguém ser elogiado ou estimado por sua excelência na música e, dentre todas as coisas que entram em uma lista de realizações, acredito que ela possa ocupar o último lugar.

Nos dias de hoje, a música muitas vezes ainda ocupa o último lugar em nossos pensamentos no que concerne à educação. A música é realmente mais do que algo muito agradável ou excitante para se ouvir – algo que, por seu poder absoluto e sua eloquência, nos dá ferramentas formidáveis por meio das quais podemos esquecer a nossa própria existência e as pequenas tarefas da vida diária. É claro que milhares de pessoas apreciam chegar em casa, depois de um dia de trabalho exaustivo, colocar um CD e esquecer de todos os problemas que enfrentaram naquele dia. Afirmo, contudo, que a música também nos dá algo além, um instrumento muito mais valioso com o qual podemos aprender sobre nós mesmos, sobre a nossa sociedade, sobre a política, em resumo, sobre o ser humano. Aristóteles, que viveu quase dois mil anos antes de John Locke, tinha a música na mais alta estima, considerando-a uma contribuição valiosa para a educação juvenil:

> A música é perseguida, não apenas como um alívio da labuta passada, mas também por proporcionar lazer. E quem pode dizer se, tendo este uso, ela não pode ter um nobre também? [...] O ritmo e a melodia fornecem imitações de raiva e bondade, e também de coragem e temperança, de todos os seus opostos e de outras qualidades morais, que dificilmente ficam aquém dos afetos reais, como sabemos por experiência própria, já que ao escutar tais tensões nossas almas sofrem uma mudança [...] O bastante

já foi dito para mostrar que a música tem o poder de formar o caráter e, por isso, deve ser introduzida na educação do jovem[1].

Primeiramente, vamos observar o fenômeno físico que permite que experimentemos uma peça musical, que é o som. Aqui encontramos uma das maiores dificuldades na definição de música: ela expressa a si mesma através do som, mas este sozinho não pode ser considerado música – pois é, simplesmente, o meio pelo qual a mensagem da música ou seu conteúdo são transmitidos. Descrevendo o som, muito frequentemente utilizamos expressões relacionadas às cores: um som brilhante ou um som escuro; isso, entretanto, é muito subjetivo, pois o que é escuro para um indivíduo é claro para outro e vice-versa. Contudo, existem outros elementos do som que não são subjetivos. Ele é uma realidade física que pode e deve ser observada objetivamente, e quando isso é feito, percebemos que ele desaparece assim que para; é efêmero. Ele não é um objeto como uma cadeira, por exemplo, que podemos colocar em uma sala vazia e, mais tarde, encontrá-la ainda ali, exatamente onde foi deixada. O som não permanece neste mundo; ele desaparece no silêncio.

O som não é independente – não existe por si mesmo, mas tem uma relação permanente, constante e inevitável com o silêncio. Sob esse prisma, a primeira nota não é o começo, ela emerge do silêncio que a precede. Se o som tem uma relação direta com o silêncio, que tipo de relação é essa? O primeiro domina o segundo ou ocorre o inverso? Depois de cautelosa observação, pode-se perceber que a relação entre eles é equivalente à relação entre um objeto e a força da gravidade. É necessária uma quantidade específica de energia para levantar e manter um objeto a uma determinada altura, e, a não ser que seja fornecida energia adicional, ele cairá no chão obedecendo à lei da gravidade. Da mesma forma, a menos que o som seja mantido, ele se transformará em silêncio. O músico que produz um som o

---

[1] Aristóteles, *A Política*, livro VIII, parte 5.

traz, literalmente, ao mundo físico. E, a menos que ele forneça mais energia, o som silenciará. Cada nota tem seu próprio tempo de vida – ela é finita. A terminologia é clara: a nota morre. E aqui podemos ter a primeira indicação precisa sobre o conteúdo na música: o desvanecimento do som por sua transformação em silêncio é a própria definição dos limites de espaço e tempo.

Alguns instrumentos, em particular os de percussão, incluindo o piano, produzem sons aos quais nos referimos como tendo uma duração real de vida; em outras palavras, depois que o som é produzido, ele imediatamente começa a declinar. Com outros instrumentos, como os de cordas, por exemplo, há modos de manter o som por mais tempo que com os de percussão, modificando a direção do arco de maneira imperceptível, de modo que o som não seja interrompido. Manter o som, em todo caso, é um ato de desafio contra a força do silêncio que tenta limitar-lhe a extensão.

Vamos examinar, agora, as diversas possibilidades que surgem na criação do som. Se ao nascer do silêncio absoluto a música o interrompe ou se se desenvolve a partir dele. A diferença entre as duas situações é que a primeira representa uma alteração súbita, enquanto a segunda, uma alteração gradual. Em linguagem filosófica, poderia-se dizer que essa é a diferença entre ser e "vir-a-ser". A abertura da *Sonata Op.13* de Beethoven, conhecida como *Sonata Patética*, é um caso claro de interrupção do silêncio; um acorde bem definido o irrompe, e a música começa.

Ludwig van Beethoven, *Sonata para Piano Op.* 13, barras 1-2

O prelúdio de *Tristão e Isolda* é um exemplo evidente de som que evolui do silêncio.

Richard Wagner, *Tristão e Isolda*, Prelúdio, barras 1-3

A música não começa com o movimento do lá inicial para o fá, mas do silêncio para o lá. Ou, ainda, na *Sonata para Piano Opus 109*, de Beethoven, tem-se a sensação de que a música já começou – como se alguém saísse de um trem em movimento. A música já deve existir na mente do pianista, para que quando ele a toque, ela possa criar a impressão de que reúne algo já existente, embora não no mundo físico. Na *Sonata Patética*, o acento na primeira nota faz um intervalo bem definido com o silêncio. No caso da *Op. 109*, no entanto, é imperativo não começar com um acento na primeira nota, porque essa ênfase, por definição, quebraria o silêncio.

Ludwig van Beethoven, *Sonata para Piano Op. 109*, barras 1-8

O último som não é o final da música. Se a primeira nota está ligada ao silêncio que a precede, então a última deve estar ligada ao silêncio que a segue. Por isso é tão desagradável quando a plateia entusiasmada aplaude antes que o último som tenha desaparecido lentamente, porque há um momento final de expressão, que é precisamente a relação entre o fim do som e o começo do silêncio que vem em seguida. Nesse aspecto, a música é um espelho da vida, pois ambas começam e terminam no nada. Além disso, quando se executa um instrumento, é possível alcançar um estado de paz absoluta, em parte devido ao fato de que se pode controlar, através do som, a relação entre vida e morte, um poder que obviamente não é concedido aos seres humanos. Uma vez que toda nota criada tem uma qualidade humana, há uma sensação de morte com o final de cada uma e, através dessa experiência, há uma transcendência de todas as emoções que essas notas podem ter em seu curto período de existência; de certa forma, é um contato direto com a eternidade. Ao final da noite, depois que termino de executar um dos livros do *Das wohltemperierte Klavier* [*O cravo bem temperado**], tenho a sensação de que a duração da obra é maior que a de minha própria vida, de que estive em uma viagem pela história, que começa e termina no silêncio.

Uma forma de preparar a entrada do silêncio consiste em criar antes dele uma enorme tensão, para que sua chegada se dê somente depois de atingido o pico absoluto de intensidade e volume. Outro modo de aproximação do silêncio implica uma redução gradual do som, fazendo com que a música fique tão suave que o próximo passo possível seja apenas a ausência completa de som. O silêncio, em outras palavras, pode ser mais alto que o máximo e mais suave que o mínimo. Também dentro de uma composição existe, naturalmente, a ausência absoluta de som. É a morte temporária, seguida pela capacidade de renascer, de recomeçar a vida. Dessa maneira, a música é mais que um espelho da vida; enriquecida pela dimensão metafísica do som, ela torna possível transcender as limitações físicas do ser humano. No mundo do som, nem mesmo a morte é necessariamente o fim.

Fica claro que, se o som tem um começo e um tempo de duração, então tem também um fim, seja morrendo ou dando lugar à próxima nota. As notas, que seguem umas às outras, operam claramente dentro da passagem inevitável do tempo. Na música, a expressividade é dada pela relação entre as notas, o que em italiano é chamado *legato*, que significa ligado. Isso determina que não se pode permitir que as notas desenvolvam o seu eu natural, tornando-se tão importantes a ponto de ofuscar a anterior. Cada nota deve ser

---

* Johann Sebastian Bach, *O cravo bem temperado: 1ª parte*, São Paulo, Irmãos Vitale, 2008. (N. T.)

consciente de si mesma e também de seus próprios limites; as regras que se aplicam aos indivíduos na sociedade aplicam-se igualmente a elas, na música. Quando se executam cinco notas que estão ligadas, cada uma delas luta contra o poder do silêncio que quer lhes tomar a vida, e, por isso, posicionam-se em relação à nota anterior e à seguinte. Nenhuma delas pode ser altiva, querendo ser mais forte que aquela que a antecedeu; se o fizesse, estaria desafiando a natureza da frase à qual pertence. O músico deve possuir a capacidade de agrupar as notas. Esse fato tão simples me ensinou a relação entre o indivíduo e o grupo. É necessário ao ser humano contribuir para a sociedade de um modo muito individual; isso torna o todo muito maior que a soma das partes. A individualidade e o coletivismo não devem ser mutuamente exclusivos; na verdade, juntos eles são capazes de melhorar a existência humana.

O conteúdo da música só pode ser articulado através do som. Como já vimos, qualquer verbalização é apenas uma descrição pessoal de nossa reação, talvez até acidental, à música. Mas o fato de que seu conteúdo não possa ser articulado em palavras não significa, naturalmente, que ele não exista; se esse fosse o caso, as atuações musicais seriam totalmente desnecessárias e seria inimaginável que houvesse algum interesse em compositores como Bach, que viveram há vários séculos. Todavia, nunca podemos deixar de nos questionar sobre o que seja exatamente o seu conteúdo, essa substância intangível que somente pode ser expressa através do som. Não podemos definir a música como algo que tem apenas conteúdo matemático, poético ou sensual. Trata-se de tudo isso e muito mais. Relaciona-se à condição humana, porque a música é escrita e executada por seres humanos que expressam seus pensamentos íntimos, sentimentos, impressões e observações. Isso se aplica a todas as músicas, independentemente do período em que os seus compositores viveram e das evidentes diferenças de estilo entre eles. Bach e Boulez, por exemplo, que viveram com uma diferença de tempo de trezentos anos, criaram mundos que nós, como executores e ouvintes, tornamos contemporâneos. A condição humana pode ser, obviamente, mais ou menos elevada segundo as escolhas do próprio ser humano; o mesmo pode ser dito acerca da composição.

Sergiu Celibidache afirmou que a música não se torna algo, mas que algo pode se tornar música. Isso significa que a diferença entre o som – apenas o puro som ou uma coleção de sons – e a música é que, quando se faz música, todos os elementos devem estar integrados de forma coordenada. Não há elementos independentes na música – o ritmo não é independente da melodia, que, por sua vez, não é independente da harmonia; nem mesmo o tempo musical é um fenômeno independente. Existe uma tendência a pensar que, porque alguns compositores usam marcações de metrônomo, tudo o que se deve fazer é tentar comprimir todas as notas e sua expressão em uma certa velocidade, esquecendo que não se ouve realmente o tempo, mas a música em uma determinada velocidade. Se o tempo for excessivamente rápido, o conteúdo se tornará incompreensível em razão da incapacidade do intérprete de tocar todas as notas claramente ou da do ouvinte de percebê-las; se o tempo for muito lento, o conteúdo musical será igualmente incompreensível, porque nem o intérprete nem o ouvinte serão capazes de perceber todas as relações entre as notas.

Em seu ensaio *On conducting* [Sobre a regência], Richard Wagner escreveu que

> a compreensão perfeita do *mélos* é o único guia do tempo exato: esses dois elementos são inseparáveis, um envolve necessariamente o outro. Como prova de minha afirmação de que a maioria das atuações na música instrumental é insatisfatória é suficiente ressaltar que nossos regentes, frequentemente, falham em encontrar o tempo exato porque têm muito pouco conhecimento sobre a arte do canto.

Examinando a diferença entre o caráter dos movimentos *Adágio* e *Allegro* nas sinfonias de Beethoven, Wagner prossegue:

de um lado, as emanações lentas do tom puro [em referência ao *Adágio*], e do outro, o movimento figurado mais rápido [em referência ao *Allegro*] que estão sujeitos apenas a limites ideais, e em ambas as direções a lei da beleza é a única medida do que é possível. Essa lei estabelece o ponto de contato no qual os extremos opostos tendem a se encontrar e se unir.

Curiosamente, Wagner não fala da melodia, mas do *mélos*. A primeira aparição dessa palavra está no Archilochos de Paros no século VII a.C., e refere-se a uma composição para coral. Posteriormente, Platão definiu o *mélos* como sendo a síntese de palavra, tonalidade e ritmo, ao passo que a definição de Aristóteles foi mais próxima à nossa própria compreensão de melodia. Em seu livro *A Política*, ele denomina três variedades diferentes de melodia: a ética, a prática e a entusiástica[2]. Wagner sugere que o *mélos* é o único critério para escolher o tempo correto, o que significa dizer que a decisão sobre essa escolha não depende de um fator exterior como um metrônomo e, de forma igualmente importante, que ela é o último passo que o músico deve dar. Apenas depois da observação de todos os elementos inerentes ao conteúdo da música é que ele pode determinar a velocidade com a qual eles podem ser expressos. Por isso, uma decisão tomada precipitadamente irá torná-lo um escravo do tempo, ao passo que, se for tomada no final do processo, levará em conta todos os fatores. Como em tantas situações na vida, a precisão de uma decisão está inevitavelmente ligada ao momento em que é tomada.

Em música, para haver a compreensão da interdependência de elementos diferentes é necessário o entendimento da relação entre espaço e tempo ou, em outras palavras, a relação entre o tema e a velocidade. Nem mesmo a velocidade ou o tempo, que podem parecer estar fora da própria música, são independentes. É a relação entre a textura e o

---

[2] Do *Die Musik in Geschichte und Gegenwart, allgemeine Enzyklopädie der Musik begründet von Friedrich Blume*, ed. Bärenreiter.

volume do som, por um lado, e a transparência audível da música, por outro, que determinam a velocidade correta. Na música tonal é necessário entender que o ritmo, a melodia e a harmonia podem mover-se em velocidades diferentes. É possível conceber infinitas variações de ritmo sem alterar a harmonia, mas é inconcebível mudar a harmonia sem que isso implique uma modificação tanto na melodia como no ritmo. Essa tríade de ritmo, melodia e harmonia revela a necessidade de um ponto de vista individual, da mesma forma que um diretor de cinema posiciona a câmera para um ponto que permite "enquadrar" a cena como ele mesmo a vê. Embora Nietzsche tenha afirmado que "não existe verdade, mas interpretação", a música não precisa de interpretação. Requer a observação do texto, o acompanhamento de sua execução e a capacidade do músico para se fundir com o trabalho de outra pessoa.

Nada existe fora do tempo; na música, como na vida, existe uma conexão indivisível entre velocidade e matéria. A velocidade de uma progressão harmônica, assim como a velocidade de um processo político, pode determinar sua eficácia e, em última análise, alterar a realidade na qual se pretende influenciar. Estou convencido de que o processo de paz de Oslo, por exemplo, estava fadado a falhar – ainda que estivesse certo ou errado – precisamente porque a relação entre conteúdo e tempo foi errônea. A preparação para as discussões de Oslo aconteceu de forma muito apressada e o próprio debate, uma vez que as negociações começaram, foi muito lento e marcado por frequentes interrupções, o que limitou as possibilidades de sucesso. Isso, na música, seria equivalente a tocar uma introdução lenta de forma rápida e desorganizada e, então, executar o movimento principal mais rápido de modo lento e com interrupções. Em ambos os exemplos, o político e o musical, velocidade e tempo não são fatores externos, mas aqueles que irrevogavelmente modificam a forma do que virá.

Na música, tudo deve estar constante e permanentemente interligado; o ato de fazer música é um processo da integração de todos os seus elementos inerentes. A menos que a relação correta entre velocidade e volume seja estabelecida, a integração não será completa e, por isso, ela não poderá ser chamada de música no sentido mais amplo do termo. Todos os elementos na música devem estar ligados entre si. É claro que existem diferenças de estilo entre os compositores; algumas formas de expressão, como a flexibilidade de volume e o tempo, são possíveis em Puccini, mas não estariam corretas em Bach. Entretanto, a necessidade de ligar organicamente diferentes aspectos da música é a mesma para Bach, Schoenberg, Puccini ou Wagner.

A "sensibilidade para música" pode ser definida como uma inclinação instintiva ou intuitiva para o som como meio de expressão. No entanto, essa "sensibilidade" é insuficiente, a menos que esteja unida ao raciocínio. Na música, é impossível emocionar-se sem que haja a devida compreensão intelectual, assim como não é possível ser racional sem ter emoções – mais uma vez um paralelo claro com a vida. Como viver com disciplina e paixão? Como fazer a conexão entre cérebro e coração? Na música, a emoção é expressa através da ampliação ou da aceleração do tempo, pela modificação do volume, pela qualidade do som e da articulação, o que significa encurtar ou alongar certas notas. Se ela pode ser definida como som unido ao pensamento, então, nenhuma dessas sugestões pode ser aplicada obstinadamente; qualquer técnica deve servir ao mais alto objetivo da expressão da música e o intérprete deve ser o mestre que coordena esses elementos, ligando-os constantemente e não consentindo que qualquer um deles se torne independente dos outros.

O pensamento racional é também a força motriz que permite que as propriedades da coragem e ambiguidade, em relação à música, sejam analisadas. Em Beethoven, um *crescendo* seguido por um *piano subito* não somente exige a habilidade de aumentar o volume como a de reduzi-lo abruptamente. Exige também a capacidade de aumentar o volume de tal forma que o ouvido espera que o nível mais alto de som seja atingido. Desse modo, o inesperado é um ingrediente necessário para a preparação do *piano subito*. Contudo, *subito* em italiano significa repentino, um desvio em relação ao esperado. O aumento do volume exige uma preparação gradual, estratégica, para toda a duração do *crescendo*. A dificuldade reside, principalmente, na interdependência entre o grau da intensificação e o controle de sua velocidade. Se o som aumenta desproporcionalmente e muito cedo, será impossível manter essa ampliação mais adiante, nas etapas posteriores do *crescendo*. Se ele não crescer suficientemente, ou levará essa insuficiência nas etapas posteriores ou a um aumento repentino que interromperá a gradualidade. Por isso, é essencial saber antecipadamente que nível de volume se quer atingir no final do *crescendo* e o nível de volume do *piano subito*. Além disso, é necessário ser capaz de mover-se abruptamente do ponto mais alto do *crescendo* ao ponto mais suave do *piano subito*.

É nesse ponto que a coragem é necessária, pois a linha de menor resistência, tanto musicalmente como fisicamente, exigiria uma correção que é a redução imperceptível do volume para facilitar a transição do final do *crescendo* para o *piano subito*. Nesse exemplo, coragem significa escolher a linha de maior resistência, através do aumento do volume, sem levar em conta as consequências da transição repentina para o *piano subito* – o que não é muito diferente de caminhar à beira do precipício e somente parar no momento imediatamente anterior à queda. Em relação ao som, coragem é a vontade e a capacidade de desafiar o esperado. Conforme afirmou Arnold Schoenberg, "o caminho do meio é o único que não leva a Roma". Cada intérprete deve encontrar, dentro de si mesmo, a vontade necessária para realizar esse processo, talvez adotando a linha de maior resistência também do lado de fora do mundo do som.

Fazer música inevitavelmente exige um ponto de vista, não obstinado e puramente subjetivo, mas baseado em respeito total à informação recebida da página impressa, à compreensão das manifestações físicas do som e a uma compreensão da interdependência de todos os elementos na música: harmonia, melodia, ritmo, volume e velocidade. Respeito total à página escrita significa obedecer ao que ela diz – tocar *piano* quando é essa a indicação e não, de forma caprichosa, mudar para *forte*. Entretanto, quão suave é o *piano*? Essa simples questão é um exemplo da importância de haver um ponto de vista em relação à quantidade e à qualidade de volume, nesse caso, do *piano*. Tocar *piano* apenas porque a partitura diz isso pode, talvez, ser um sinal de modéstia, mas representa também um exemplo do pecado da omissão. As três questões permanentes que um músico deve ter em mente são: por quê, como e com que objetivo. A incapacidade ou falta de vontade de fazer essas perguntas são sintomas de uma fidelidade irracional à letra e uma deslealdade inevitável ao espírito.

Quando Wagner inicia o prelúdio de *Tristão e Isolda*, ele começa a música a partir do nada, em uma única nota. Se ouvirmos com atenção e inteligência, podemos perceber que essa nota pertence a muitos tons diferentes. Isso cria uma sensação de ambiguidade e expectativa que é absolutamente essencial para preparar o famoso "acorde de Tristão", que aparece no início do segundo compasso. Se o compasso anterior tivesse sido escrito de forma completa e com uma clara base harmônica, a dissonância do "acorde de Tristão" não teria o mesmo efeito dramático. No entanto, Wagner cria inicialmente uma situação de isolamento, tanto harmônica quanto melódica, que é seguida por um acorde no qual a dissonância não é completamente solucionada, mas deixada suspensa no ar. Um compositor menos genial e com menor compreensão do mistério da música poderia supor que teria de resolver a tensão que criou. Entretanto, é precisamente esse sentimento causado por uma solução apenas parcial que permite a Wagner criar cada vez mais ambiguidade e tensão enquanto esse processo continua; cada acorde não resolvido é um novo começo.

Na vida exterior à música, a ambiguidade não é necessariamente uma qualidade – frequentemente é um sinal de indecisão e, no meio político, indica falta de uma direção firme –, mas, no mundo do som, ela se torna uma vantagem, uma vez que oferece diversas possibilidades de onde prosseguir. O som tem o poder de unir todos os elementos, de forma que nenhum deles seja exclusivamente negativo ou positivo. Na verdade, através da música, mesmo o sofrimento pode ser prazeroso. Os músicos, apesar de tudo, também experimentam sentimento de prazer quando executam a marcha fúnebre da *Sinfonia Eroica*. O sentimento é uma expressão da luta pelo equilíbrio e não pode estar separado do pensamento. Como nos mostra Spinoza, a alegria e suas nuances conduzem a uma maior perfeição prática; a dor e os sentimentos a ela relacionados são prejudiciais e, portanto, devem ser evitados. Na música, entretanto, a alegria e a tristeza existem simultaneamente e, por isso, permitem que se tenha o sentimento de harmonia. A música é continuamente contrapontística no sentido filosófico da palavra e, mesmo quando é linear, há sempre elementos opostos coexistindo, às vezes até em conflito uns com os outros. A música sempre aceita comentários tanto de uma voz como de outra e suporta acompanhamentos subversivos como uma oposição necessária às vozes principais. Na música, o conflito, a rejeição e o compromisso coexistem continuamente.

A música não é separada do mundo; ela pode nos ajudar a esquecer e, ao mesmo tempo, a compreender nós mesmos. No diálogo entre duas pessoas, cada uma espera até que a outra tenha terminado de falar, antes de responder ou fazer um comentário. Na música, duas vozes dialogam simultaneamente; cada uma expressa a si mesma de forma completa ao mesmo tempo que ouve a outra. Com isso, pode-se observar a possibilidade de aprender não só sobre a música, mas através dela – um processo que dura uma vida inteira. Através do ritmo, pode-se ensinar ordem e disciplina às crianças. Os jovens que experimentam o sentimento da paixão pela primeira vez e perdem todo o senso de disciplina podem observar, por intermédio da música, como paixão e disciplina podem coexistir – mesmo a mais apaixonada frase musical tem de ter, subjacente, um sentido de ordem. Afinal, o que talvez seja a lição mais difícil para o ser humano – aprender a viver com disciplina ainda que com paixão, e viver com liberdade ainda que com ordem – transparece claramente em cada frase musical.

Já examinamos a conexão indivisível na música entre velocidade e matéria, que não é diferente da interdependência permanente entre conteúdo e tempo; vimos como o tempo afeta o conteúdo, permitindo que eventos se desenvolvam de determinada maneira, e como o conteúdo, por sua vez, afeta o senso subjetivo de tempo. O prazer tornará a passagem do tempo subjetivamente mais rápida, enquanto o sofrimento ou a tristeza a tornará mais vagarosa. O *tempo rubato* é exatamente a capacidade de dar ao tempo objetivo uma qualidade subjetiva. A ligeira modificação necessária para o *tempo rubato* dá, tanto ao músico como ao ouvinte, a capacidade de ignorar o tempo objetivo, pelo menos na duração do *tempo rubato*. Acima de tudo, é o ouvido que determina a audibilidade e a transparência na música; é ele que deve nos guiar no *tempo rubato* para ter a força moral para devolver o que foi inadvertidamente roubado.

A arte do *rubato* é estar livre para implementar modificações sutis no tempo, mantendo uma ligação com ele, seu pulso interno. Essas modificações imperceptíveis devem corresponder a uma acentuação, e não a uma alteração, de certos elementos no ritmo. Além disso, deve-se ter cuidado para que o *rubato* seja usado somente por segmentos limitados de tempo, para que não se perca o contato com o tempo objetivo que continua a fluir. O *rubato*, considerando seu significado em italiano que é "roubado", implica, moralmente falando, que, em algum momento, aquilo que foi tirado deverá ser restituído. A expansão de um determinado trecho ou de um certo grupo de notas deve ser, inevitavelmente, seguida por uma passagem ou um grupo de notas executadas em um fluxo maior, para que a modificação do tempo seja apenas momentânea, e o metrônomo, fazendo a marcação de todas as partes da passagem, esteja em sincronia com a música no começo e no fim, mas não necessariamente enquanto ela dura – da mesma forma que um relógio mostra o tempo objetivo, apesar de nossa percepção subjetiva. Essa pode ser a razão pela qual Busoni afirmou que a música está, simultaneamente, dentro e fora do tempo.

A música demonstra como a modulação afeta nossa percepção do que já conhecemos. Na *Sinfonia Eroica*, Beethoven introduz o tema principal em mi bemol maior, mas na retomada, quando o tema reaparece em um novo tom, fá maior, a nova tonalidade dá à mesma música uma perspectiva diferente. Trata-se do mesmo desenho visto por um outro ângulo. A modulação também está relacionada ao conceito de tempo: para atingir uma perspectiva diversa em uma tonalidade diferente, primeiramente é preciso passar uma quantidade significativa de tempo suficiente para determinar qual é o tom básico.

Um único evento pode não só mudar nossa abordagem para o futuro, mas também a nossa maneira de ver o passado, isso porque a história, assim como a música, se modifica com o tempo. Na música, isso ocorre quando uma repentina pressão vertical é colocada em sua progressão horizontal, tornando impossível que se mantenha a mesma. No último movimento da *Nona Sinfonia* de Beethoven, a música para completamente em um acorde sustenido, *fortissimo*, com as palavras: *Und der Cherub steht vor Gott* ("E o querubim está diante de Deus"). A modulação da música passa de lá maior para fá maior na última repetição das palavras *vor Gott*, que são repetidas independentemente do restante da frase. O que acontece depois não poderia ter sido previsto: quando a música é novamente retomada, tem-se uma nova tonalidade, um novo tempo, um novo metro e um novo espírito, conduzindo o movimento em uma direção inteiramente diferente, assim como, de certo modo, o mundo foi conduzido a uma outra direção depois de 9 de novembro de 1989 ou de 11 de setembro de 2001. A música nos ensina que devemos aceitar a inevitabilidade de um evento que modifica, irrevogavelmente, o curso da história. Embora possamos ter um senso irracional de otimismo ou de pessimismo depois de uma grande catástrofe, a maré e o fluxo da vida, assim como a maré e o fluxo da música, são inegáveis.

2. Escutar e ouvir

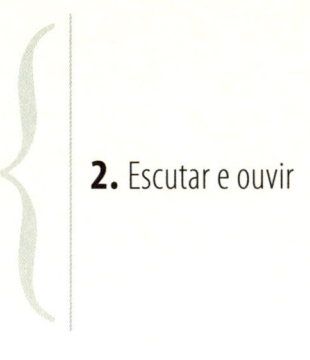

São João disse: "No princípio havia o verbo". Goethe, por sua vez, afirmou: "No princípio havia a ação". Alguém talvez pudesse dizer, também: "No princípio havia o som". Depois de observada a relação entre som e silêncio, gostaria agora de examinar a relação entre o ouvido e os demais órgãos do corpo humano. É um fato simples que o som é percebido através do ouvido. Segundo Aristóteles, os olhos são os órgãos da tentação; e os ouvidos, os da instrução; os últimos não apenas recebem o som, mas o enviam diretamente ao cérebro, impulsionando todo o processo criativo do pensamento; os processos físico e cognitivo da audição não são, de forma alguma, passivos.

O ouvido detecta vibrações físicas e converte-as em sinais que, então, se tornam sensações sonoras no cérebro; o olho, por outro lado, detecta padrões de luz e transforma-os em sinais que se tornam imagens visuais no cérebro. O espaço ocupado pelo sistema auditivo no cérebro é menor que o ocupado pelo sistema visual. Entretanto, o neurocientista António Damásio afirma que o primeiro é fisicamente mais próximo das partes do cérebro que regulam a vida; essas áreas do cérebro são a base para as sensações de dor, prazer, motivação e outras emoções básicas. Além disso, as vibrações físicas que resultam em sensações sonoras são uma variação no sentido do tato – elas modificam o corpo de forma direta e profunda, mais ainda que os padrões de luz que levam à visão. O ser humano é capaz de fechar seus olhos quando quer e, além disso, precisa de ajuda exterior para que possa enxergar a luz. Entretanto, ele não é capaz de fechar suas orelhas. O som penetra no corpo humano e é, portanto, mais diretamente ligado a ele; de fato, esse é um fenômeno sobre o qual o ser humano não tem nenhum controle.

No feto, o ouvido começa a se formar já no 45º dia da gestação, o que antecede a formação do olho em sete meses e meio. Mas, em nossa sociedade, após o nascimento do bebê a audição é frequentemente negligenciada e toda a atenção é voltada, quase que exclusivamente, à visão. Vivemos em uma sociedade baseada, principalmente, na imagem. Já na infância a criança aprende a se tornar cada vez mais consciente do que vê e não do que ouve. Quando ela é ensinada a atravessar a rua, dizem-lhe para olhar ambos os lados para assegurar de que nenhum carro esteja vindo, mas não necessariamente para escutar o som da aproximação de um veículo. Em outras palavras, dependemos da visão como meio de sobrevivência. Por outro lado, a pouca atenção dada ao ouvido leva ao futuro empobrecimento do sentido da audição. De fato, isso nos estimula a ouvir sem escutar.

A importância do ouvido não pode ser superestimada. Uma de suas funções é nos ajudar a lembrar e a recordar, o que significa não somente que o ouvido tem uma ligação com a memória, mas também que nos obriga a pensar. A recordação, afinal, é a memória acompanhada de pensamento; um homem jovem lembra, o velho recorda. A memória é algo que vem, rapidamente, em nosso auxílio, ao passo que a recordação só pode ser conseguida com reflexão e esforço individual. O fato de que o sistema auditivo está fisicamente próximo das partes do cérebro que regulam a vida explica a inteligência do ouvido. De acordo com António Damásio, existem dois tipos básicos de memória: uma relacionada às habilidades, e a outra, aos fatos. Poderíamos dar um passo além e dividir a memória baseada em fatos nos aspectos visuais e auditivos. Cada tipo de memória precisa da participação do cérebro, em intensidade e formas diferentes.

A memória motora, que é baseada na habilidade, depende de um processo através do qual o cérebro regula os movimentos dos músculos e nervos. Ao tocar uma passagem no piano, por exemplo, se todos os outros tipos de memória falham, muitas vezes os dedos parecem lembrar-se automaticamente, driblando um lapso de memória. Isso implica a capacidade de separar o aspecto físico das ações de uma pessoa de seu pensamento racional ou esforço, o que entraria em jogo apenas no momento que a dúvida já estivesse presente. O controle motor dos dedos, tendo aprendido um certo movimento ou dedilhado, completa a sequência sem a participação consciente do intelecto. Por outro lado, a memória visual, que é baseada em fatos, necessita de maior raciocínio intelectual consciente, pois possui menos qualidades automáticas que a memória motora. Guardar um rosto na lembrança significa, inevitavelmente, ter notado certas características desse rosto, o que serve de auxílio no momento em que tentamos nos lembrar dele. Um indivíduo que observa uma pintura controla a quantidade de tempo que passa em cada detalhe e isso, naturalmente, afetará sua memória visual. O grande pianista Arthur Rubinstein possuía uma memória visual extraordinária. Certa vez, ele esqueceu em Paris sua partitura do *Concerto para piano em ré menor*, de Brahms, quando veio a Nova York para executá-lo comigo, e a edição com a qual estava acostumado não estava disponível nas lojas de música. Ele preferiu não comprar uma edição diferente da peça, porque tocaria confiante em sua memória visual da cópia que ficou em Paris e que tinha, na terceira página, uma mancha de café. Durante o ensaio, ele teve um pequeno lapso de memória e, posteriormente, pediu-me para tocar para ele, em particular, a passagem que havia esquecido no ensaio, ativando, assim, sua memória auditiva para completar a memória visual.

A memória auditiva pode funcionar na base do subconsciente – assim como é possível repetir mecanicamente um número de telefone que se ouviu –, mas em outros casos está ligada a uma reflexão ou observação racional que dá ao cérebro a certeza da lembrança. O mesmo número telefônico será mais firmemente guardado na memória se encontrarmos alguma característica ou uma certa ordem entre os números que nos ajudem na lembrança. A criação desses elementos intensificará o processo de codificação que permite programar a memória. É claro que a música é muito mais complexa do que um número de telefone; é necessária muita análise e a compreensão profunda da estrutura para se desenvolver uma lembrança sólida de uma peça completa. É a isso que me refiro como recordação: a realização da memória auditiva por esforço racional.

Para o ouvido, a repetição é uma forma da acumulação, por isso se torna um elemento-chave na própria música. A música move-se no tempo – ainda que para frente –, no entanto, paralela e simultaneamente a essa progressão, o ouvido lembra-se do que já percebeu e, por meio disso, volta ao passado ou pode até ser consciente dele e do presente ao mesmo tempo. Não se pode ter uma memória do som na primeira nota, mas já na segunda nos tornamos conscientes de sua relação com a primeira, pois o ouvido se lembra dela.

Compreender a dimensão física do som, portanto, leva à conclusão metafísica de que a repetição exata não é possível, pois o tempo avançou, colocando, portanto, o segundo acontecimento em uma perspectiva diferente. O ouvido cria a conexão entre o presente e o passado e envia sinais ao cérebro quanto ao que esperar do futuro. Em uma sequência musical, lembramo-nos da primeira exposição, e a memória auditiva leva-nos a esperar ouvir o mesmo novamente. A estrutura da maior parte das músicas ocidentais, apesar de sua forma, está ligada a esse princípio.

A fuga é a forma musical que lida com o princípio da repetição da maneira mais matemática, direta e concisa. Em uma fuga de três vozes, por exemplo, o tema principal ou sujeito é apresentado sozinho, sem acompanhamento. Apesar de sua extensão, é, de certa forma, inacabado devido à incerteza quanto à sua evolução. Não é possível saber quanto tempo terá ou quanto se distanciará de seu ponto de partida; essa incerteza só é resolvida com a entrada da segunda exposição do mesmo sujeito. Assim, só é possível perceber o tema na íntegra quando sua segunda exposição já tenha começado. Essa é uma das muitas qualidades que fazem a fuga única: seu enunciado, ou sujeito, é definido e enquadrado com a chegada de sua própria repetição. A segunda exposição é uma repetição das mesmas notas em outro registro e/ou em outra tonalidade; a modificação do registro ou tom tem um efeito semelhante àquele de uma afirmação que é proferida por alguém e, logo depois, confirmada por uma segunda pessoa que diz exatamente as mesmas palavras em uma voz diferente. Entretanto, a voz do primeiro sujeito torna-se uma subsidiária da segunda voz, criando, assim, um contrassujeito. Depois da realização da segunda exposição, ambas as vozes se ocupam em uma espécie de diálogo transicional que é conhecido em termos musicais como episódio. Na maioria dos casos, o episódio não está relacionado ao tema principal e é uma transição exigida pela estrutura antes da aparição da terceira voz que anuncia a mesma verdade, ainda que em outro registro, e se torna, então, o sujeito da experimentação geométrica: ele pode ser invertido, revertido e até esticado duas vezes seu comprimento original ou reduzido à metade; em cada caso, contudo, as repetições são facilmente reconhecíveis ao ouvido treinado. A capacidade de ouvir uma fuga em toda sua complexidade é parecida com a de escolher palavras em um emaranhado de letras do alfabeto; o ouvido pode ser treinado para decifrar e se lembrar de todas as versões geométricas diferentes do sujeito, assim como o olho, se for treinado para buscar certas palavras, naturalmente as encontra.

Johann Sebastian Bach, *O cravo bem temperado*, Fuga 6, em ré menor, barras 1-14 para demonstrar as três primeiras entradas, o episódio, o sujeito invertido – barra 14

A forma-sonata é muito menos matemática; se a fuga é épica, ela é dramática. Ao passo que a fuga é altamente contrapontística e geométrica no desdobramento de seu material, a forma-sonata apresenta os seus sujeitos ou temas de modo mais narrativo. Muitas vezes, o primeiro e o segundo tema têm naturezas ou características opostas: masculino/feminino, rítmico/melódico e assim por diante. O sentido do drama no trabalho é criado pela justaposição dessas diferentes características. Na verdade, a introdução do primeiro tema na forma-sonata pode ser comparada à primeira entrada de um personagem em uma representação teatral. No início da dramatização, ele ainda não tem nenhuma história dentro do contexto da trama; pode até ter uma, que é revelada enquanto a narrativa é contada, mas, em sua primeira aparição, ele tem só um presente e um futuro, pelo menos no que diz respeito ao enredo. De modo semelhante, a entrada do primeiro tema estabelece o tom da exposição da forma-sonata; tudo o que se segue estará relacionado a ele. Uma vez que todo o material musical é apresentado, a exposição chega ao fim e a parte conhecida como desenvolvimento tem início. A exposição é simplesmente uma apresentação na qual se permite que todos os temas contenham suas histórias; cada um deles é novo para o mundo no qual existe. O desenvolvimento que segue a exposição é exatamente o que a palavra significa: um desenvolvimento. Mesmo as unidades mínimas dos temas oferecidos podem ser desenvolvidas nas formas mais inesperadas; as modificações de tonalidade levam a música a arriscar-se em regiões até então inexploradas.

A modificação da tonalidade de um tema altera a progressão dramática de um trabalho musical de uma forma dificilmente explicável em termos não musicais. A tonalidade, entretanto, tem uma relação muito próxima à visualização espacial. A distância entre as duas notas e a conexão harmônica entre elas é a base da natureza expressiva de um intervalo. As doze notas da escala ocidental têm uma relação distinta e claramente definida uma com a outra. A relação entre as notas da escala modificou-se no decorrer da história, entre diferentes períodos, às vezes variando de um compositor para outro ou entre os trabalhos de um mesmo compositor, mas sempre foi controlada por certas regras invioláveis. Certas modificações de harmonia, ou modulações, são praticamente obrigatórias. Na forma-sonata, por exemplo, o primeiro tema que reaparece no início do desenvolvimento muitas vezes o fará na tonalidade dominante, uma quinta acima da tônica, sua tonalidade original. Mesmo que o tema permaneça inalterado, a sua transposição na tonalidade dominante transforma, literalmente, sua posição. Essa tonalidade é o momento mais óbvio de tensão harmônica que é resolvido na tônica, criando, desse modo, um fluxo e refluxo de tensão e liberação. Tendo alcançado a dominante, fica muito mais fácil entrar em novas áreas que não têm uma relação tão próxima nem representam uma consequência tão óbvia da tônica. Em seguida, a primeira modulação para o tom dominante abre as portas para possibilidades quase infinitas de modulação e mais explorações.

Esse processo ocorre dentro de uma forma muito menos rigorosa que na fuga, em que a relação de todos os episódios ao assunto principal está permanentemente presente, em razão de seus reaparecimentos constantes. Na parte da forma-sonata conhecida como desenvolvimento, os temas estão sujeitos à transformação ou ao desenvolvimento internos, gerando, assim, incerteza em contraste com a natureza evidente por si só de suas primeiras entradas. A conclusão do desenvolvimento prepara o reaparecimento do material já apresentado na exposição. Essa terceira parte é chamada recapitulação. Ela reapresenta o material da exposição, que agora é visto por uma perspectiva diferente, em virtude do que aconteceu durante o desenvolvimento. O primeiro tema, que, em sua primeira aparição na exposição só tinha um presente e um futuro, agora, na recapitulação, é também fruto de seu próprio passado: a exposição e o desenvolvimento. Pelo menos nesse ponto, o primeiro tema está em uma situação psicológica inteiramente diferente. No momento em que a recapitulação é alcançada, os temas foram submetidos a transformações; eles, agora, estão recordando ou revivendo algo já conhecido, mas que foi modificado pelo acréscimo de conhecimento e experiência, adquiridos durante o movimento. Nesse sentido, a forma-sonata não é uma narrativa épica, e sim uma justaposição dramática.

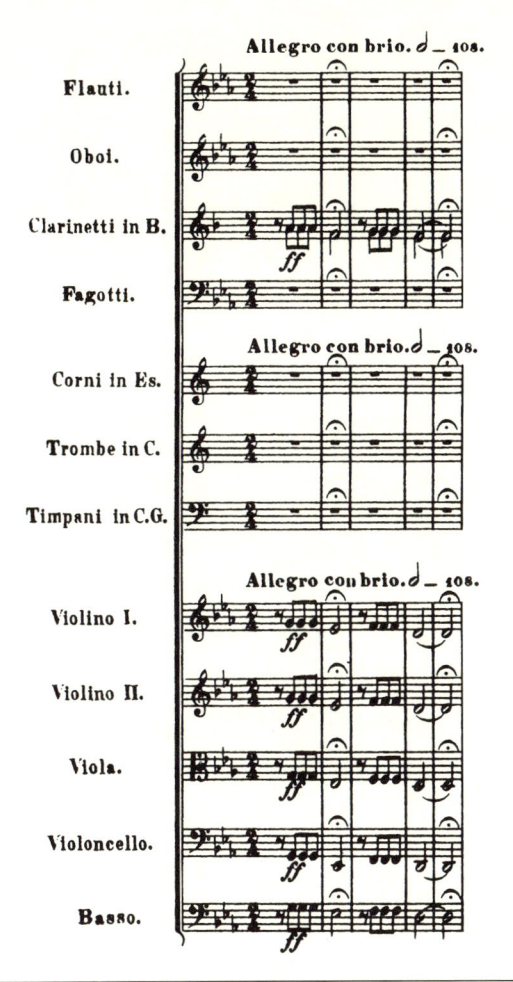

Ludwig van Beethoven, *Quinta Sinfonia*, 1º movimento, barras 1-5

A variação – tomando um terceiro exemplo de forma musical – não se refere somente a uma modificação ornamental, mas também a um processo de transformação que, em muitos casos, pode ser um termo mais correto que variação. Beethoven, por exemplo, escreveu muitos conjuntos de variações, mas o título original em sua *opus magnum* nessa forma, as *Variações Diabelli Op. 120*, é *33 Veränderungen*, que em alemão significa transformações. Quando um tema se trans-

Ludwig van Beethoven, *Quinta Sinfonia*, 1º movimento, barras 240-252

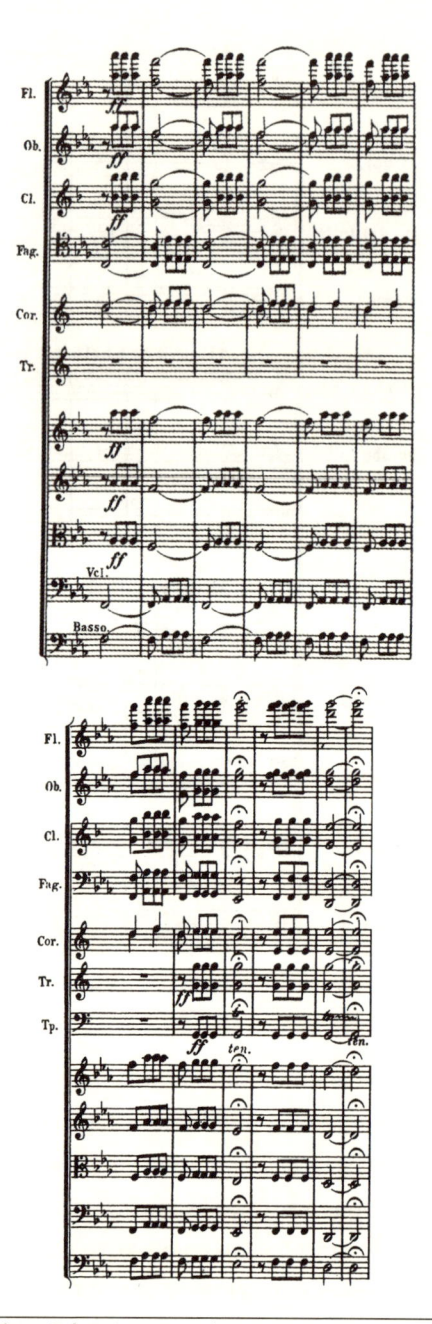

Ludwig van Beethoven, *Variações Diabelli*, Tema: barras 1-8, 1ª Variação: barras 1-8

forma, sofre todas as possíveis mudanças relacionadas a seu próprio ser. A palavra variação refere-se mais a uma observação, um comentário sobre a natureza de um tema, enquanto a transformação requer uma compreensão da verdadeira essência do objeto, para modificar sua forma sem alterar sua natureza. A transformação, na obra magistral de Beethoven, aplica-se ao ritmo, obviamente à dinâmica, à pulsação e, de fato, ao metro: o tema das *Variações Diabelli* está, como em todas as valsas, no compasso 3/4, mas já na primeira variação a métrica se modifica para 4/4. As notas da melodia permanecem as mesmas, mas aparecem em manifestações rítmicas, melódicas e métricas completamente diferentes. É um princípio matemático que o compasso 3/4 só pode ter uma pulsação principal – o três só pode ser dividido por um ou por ele mesmo, e a progressão inevitável das batidas sempre nos conduz de volta ao um – mas já que quatro pode ser dividido em duas unidades, podem existir dois pulsos principais no compasso 4/4.

Schoenberg, em sua *opus magnum* – as *Variações* para Orquestra *Op. 31* –, leva o processo da transformação ainda mais longe. Ele modifica a métrica, a harmonia e o ritmo, como Beethoven já havia feito antes, mas, evidentemente, Schoenberg tem à sua disposição uma orquestra e não apenas um piano. Isso lhe oferece a possibilidade de continuar a transformar o tema através de mudanças de orquestração e, ainda, um grau maior de flexibilidade para modificar o registro do que é possível com o piano. Na verdade, esses dois grandes conjuntos de variações explicam a conexão entre Beethoven e Schoenberg. De certa forma, ambos foram capazes de resumir a música de seus antecessores e, ao mesmo tempo, mostrar o caminho do futuro. A obra de Beethoven teria sido impossível sem que antes dele tivessem existido Bach, Haydn e Mozart; por outro lado, ele abriu caminho para Schubert, Weber, Schumann, Brahms, e, finalmente, Wagner. Schoenberg foi capaz de fazer os mundos aparentemente opostos de Brahms e Wagner coexistirem. Ele desenvolveu em sua própria música, por exemplo, a justaposição de Brahms dos compassos 3/2 e 6/4 – em outras palavras, as duas divisões de seis matematicamente possíveis, em 3 x 2 ou em 2 x 3, simultaneamente (como no terceiro movimento do segundo concerto de piano) e, posteriormente, desenvolveu a linguagem harmônica de Wagner. Em *Tristão e Isolda*, Wagner esticou o cromatismo até o ponto no qual a tonalidade da música se tornou obscura, até mesmo enigmática. Schoenberg foi ainda mais longe, além do ponto de onde não se pode regressar, assim chegando ao sistema de doze tons (dodecafonismo serial). A tonalidade do prelúdio de *Tristão e Isolda* é tão ambígua que só se torna clara no final do próprio prelúdio (escrito depois que a ópera foi concluída, e muito raramente executado), que é concluído em lá maior. Schoenberg seguiu a mesma trilha em seus primeiros trabalhos, como *Transfigured night* [*Noite transfigurada*] ou *Pelléas and Mélisande*, antes de eliminar totalmente a harmonia, dando a mesma importância a cada nota da escala de doze tons. Esse foi um rompimento radical com a hierarquia que existe naturalmente em toda música tonal. Contudo, muitas vezes o ouvido humano busca conexões harmônicas naturais mesmo quando são inexistentes ou irrelevantes. Isso pode levar à crença de que a tonalidade é uma lei da natureza e não uma invenção humana. O paradoxo da relação entre a tonalidade e o sistema dodecafônico – a assim chamada abolição da tonalidade – é um exemplo das contradições presentes na natureza humana: uma parte da psique luta pela liberdade e independência apesar das consequências, como evidenciado na luta contínua para romper com a tonalidade; enquanto isso, a outra parte continua buscando a segurança na hierarquia, na autoridade e no que lhe é familiar, demonstrado pelo desejo de buscar, apesar de tudo, a ordem da tonalidade.

Wagner entendeu tão bem a fenomenologia do som e a importância do ouvido, que projetou um teatro, o *Festspielhaus* [*Teatro de ópera*] em Bayreuth, em que a orquestra é "posicionada de modo que o espectador a veja de cima para baixo". Ele não o criou, como muitos afirmam, apenas para que os cantores também pudessem ser ouvidos durante as apresentações da excepcionalmente ampla orquestra que ele usava. Ele tinha de tornar a orquestra invisível e considerava "a constante visibilidade do mecanismo para a produção de tom um assédio ofensivo"[1]. Em outras palavras, quis também separar a audição da visão, não deixando que os olhos soubessem quando a música começaria, pois nem a orquestra nem o condutor podiam ser vistos. A magia do *Bayreuth Festspielhaus* é mais evidente quando a ópera começa suavemente, como em *Das Rheingold* [*O ouro do Reno*], *Tristão e Isolda* ou *Parsifal*, porque não há nenhum meio de saber quando o som começará nem de onde ele virá. Por isso, o ouvido é duas vezes mais vigilante: os olhos têm de esperar até que as cortinas subam, ao passo que a audição já percebeu a natureza do drama.

---

[1] De Albert Goldman e Evert Sprinchorn (orgs.), *Wagner on Music and Drama* [*Wagner em música e drama*], Londres, Victor Gollancz, 1970, p. 365.

Isso, naturalmente, é ligado ao conceito de Wagner sobre ópera. Antes de Wagner, as aberturas de ópera eram, muitas vezes, peças sensacionais destinadas a atrair a atenção do público e prepará-lo para o trabalho que estava prestes a começar. A abertura de *The Marriage of Figaro* [*As bodas de Fígaro*], na verdade, não tem nada a ver com a ópera que se segue – seria possível, inclusive, tocar a abertura de *Così fan Tutte* em seu lugar. Wagner, que era muito sistemático em suas ideias, acreditava que a introdução não deveria apenas despertar no ouvinte o espírito da obra, mas também envolvê-lo em uma premonição do que viria na trama. Dessa forma, a audiência é atraída pela primeira nota e torna-se incapaz de se separar do mundo do som e, consequentemente, da essência do drama desde o início. É por isso que, na maioria dos casos, acredito que seja um engano absoluto levantar as cortinas antes do indicado por Wagner na partitura e coreografar a música com ações imaginárias. Muitos diretores de cenário levantam as cortinas no início exato da música, pois querem lutar contra a separação da audição e da visão, ao passo que essa separação é, de fato, parte essencial do processo: primeiro a compreensão pelo ouvido e, só então, a percepção pelo olho.

Ouvir música é diferente de ler. Quando lê um livro, o indivíduo vê o texto e cria suas próprias associações. Cada um tem apenas o texto e a si mesmo para considerar. Quando se ouve música, existem leis físicas de som, tempo e espaço que devem ser levadas em conta juntamente com cada nota. Ao escutar uma peça musical durante um concerto, é impossível haver a repetição, para que seja feita uma releitura, por assim dizer, de uma frase ou parte que não foi totalmente compreendida. O ouvinte deve ajustar sua concentração, até mesmo sua consciência, para receber o material musical que é executado. Para mergulhar totalmente na história de um livro, deve-se criar a própria experiência da evolução do tempo ou da ilusão de sua passagem na narrativa; na música, no entanto, essa qualidade é um fato. Naturalmente, é possível ouvir e não escutar, assim como é possível olhar e não ver. A leitura de um livro implica não somente olhar para as palavras, mas também vê-las, convertendo as palavras impressas em construções mentais, a fim de compreender a narrativa. Do mesmo modo, ouvir música implica escutá-la também, para que seja possível entender a narrativa musical. Por isso, escutar é o ato de ouvir aliado ao pensamento, da mesma maneira que o sentimento é a emoção aliada ao pensamento. Quando uma emoção surge, ainda não está necessariamente unida a nenhum evento ou pessoa específica, ela é a participação do intelecto que liga a emoção a um determinado conjunto de circunstâncias, gerando sensações. O mesmo processo acontece quando se escuta uma peça musical.

As gravações, que conservam artificialmente o "impreservável", aumentam a probabilidade de ouvir sem escutar, já que isso pode ser feito em casa, em carros ou em aviões, permitindo, assim, limitar a música à atividade de fundo e eliminar a possibilidade da concentração total, ou seja, o pensamento. A responsabilidade moral por isso reside inteiramente no ser humano, que pode determinar se uma gravação é uma ferramenta de estudo, tornando a música mais conhecida graças à sua repetição – o equivalente a reler a passagem de um livro –, ou simplesmente um meio de entretenimento, como a música tocada pela banda no livro de Thomas Mann, *Der Zauberberg* [*A montanha mágica*]. Sobre isso, o filósofo Settembrini afirma:

> Música [...] ela é o semiarticulado, duvidoso, indiferente [...] A música desperta o tempo, ela nos desperta para o mais fino prazer do tempo, ela desperta [...] desde que seja ética. A arte é ética desde que desperte. Mas como se faz o contrário? Se entorpece, embala, age contra a atividade e o progresso? [...] O ópio vem do demônio, pois provoca embotamento, inércia, inação, paralisação servil. [...] Há algo de dúbio na música, meus senhores. Insisto em que ela possui caráter ambíguo. Não exagero ao declará-la politicamente suspeita[2].

---

[2] Thomas Mann, *Der Zauberberg*, Fischer Verlag, pp. 158 e 160. (Traduzido do alemão por Irene Aron. [N.T.])

Infelizmente, o ser humano tem a tendência a impregnar objetos com autoridade moral, de modo a não assumir responsabilidades para si mesmo. A faca é um objeto com o qual se pode cometer um assassinato – sendo, por isso, imoral – ou é um objeto que pode cortar o pão que alimentará alguém – sendo, por isso, um instrumento da generosidade humana? É o uso destinado a ela pelo homem que determina suas qualidades morais.

Observando-se mais de perto, o poder da audição torna-se evidente mesmo quando a música é intencionalmente projetada como um acompanhamento de fundo, por exemplo, em filmes. A famosa cena do chuveiro no filme *Psicose*, de Alfred Hitchcock, é guiada pela trilha sonora. Basta que se imagine a mesma cena com um outro tipo de música – talvez o *Concerto de Ano Novo* da Orquestra Filarmônica de Viena – para perceber que ela estaria longe de ser assustadora, ainda que os olhos estivessem nos dizendo o que esperar dela. Na verdade, Hitchcock não havia planejado um acompanhamento musical para a cena do assassinato, até se dar conta do quanto ela ficaria mais intensa com a trilha sonora escrita por Bernard Hermann. Nesse caso, quando olhos e ouvidos trabalham juntos, pode-se notar que a audição tem um poder maior que a visão (Bravo, Richard Wagner!).

Temos nos tornado cada dia mais insensíveis às informações recebidas através da audição. Essa falta de sensibilidade é evidente, muitas vezes, nas tosses incontroláveis em salas de concerto ou outras situações ainda piores. O equivalente visual desses delitos – os aspectos mais vis da pornografia, por exemplo – é considerado tão terrível que as pessoas que os cometem são acusadas de perturbar a ordem pública. Ainda assim, muitas atrocidades desagradáveis aos ouvidos são sistematicamente ignoradas. Não somente negligenciamos a audição, mas frequentemente suprimimos os sinais que ela envia ao cérebro também. Cada vez mais em nossa sociedade, não apenas nos Estados Unidos – ainda que os americanos tenham sido muito ativos em iniciar esse processo –, criamos oportunidades de ouvir música sem, porém, escutá-la, o que é comumente conhecido como *musak*. É razoável esperar que alguém ouça o *Concerto para violino* de Brahms dentro do elevador e, então, tenha de tocá-lo ou ouvi-lo em uma sala de concerto? Esse uso equivocado da música não converterá uma única pessoa sequer em defensora da música clássica, e não é apenas improdutivo, mas visto sob a óptica da ética musical, é absolutamente ofensivo. O *musak* não pode possibilitar uma experiência musical completa, porque a música exige silêncio e concentração total da parte do ouvinte; na verdade, ele se destina a criar o tipo de satisfação indiferente descrita por Settembrini no livro *A montanha mágica*, substituindo a participação do intelecto pelo consumo passivo.

Atualmente, em particular nos Estados Unidos, existe uma fixação no mercado descritivo, que muitas vezes não apenas reduz brutalmente a música a um barulho de fundo, como também cria falsas associações a ela. A *Quinta sinfonia* de Beethoven certamente não foi criada para nos fazer pensar em chocolates, como uma fábrica norte-americana gostaria que acreditássemos. Em consequência da imposição de imagens à música pura, o público é levado a esquecer a necessidade de ouvir e se concentrar. Por isso, é natural pensar que estar presente em uma apresentação musical sem ouvi-la ativamente é suficiente. O ouvinte pode até esperar o aparecimento de associações nele que, na verdade, não estão relacionadas com a música e que, inevitavelmente, o tornarão incapaz de ter uma verdadeira experiência musical.

Certa vez, assistindo à TV em Chicago, deparei com o mais extraordinário exemplo de utilização ofensiva da música em um comercial de uma empresa chamada American Standard. Nele, um encanador movimentava-se rapidamente e, em grande agitação, abria a porta de um lavatório demonstrando a superioridade de um determinado vaso sanitário. A sequência visual inteira tinha como acompanhamento a *Lacrimosa* do *Requiem* de Mozart. Alguns telespectadores ficaram compreensivelmente indignados pelo uso dessa música como tema de fundo para venda de vasos sanitários e enviaram cartas a vários jornais e ao próprio fabricante. Eles receberam a seguinte resposta:

Obrigado por entrar em contato com a American Standard sobre as suas preocupações com a música de fundo do comercial de nosso excelente vaso sanitário, que tem sido veiculado atualmente. Apreciamos que tenha utilizado seu tempo para se comunicar conosco e compartilhar suas impressões a respeito de um assunto que é, claramente, muito importante para o senhor. Quando nós, inicialmente, selecionamos o *Requiem* de Mozart, não tínhamos conhecimento de seu significado religioso. Na verdade, soubemos disso através de um pequeno número de clientes que, como o senhor, também entrou em contato conosco. Embora exista um amplo precedente para o uso comercial de músicas com temas espirituais, decidimos substituí-la por uma passagem do *Tannhäuser Overture* de Wagner, que os especialistas asseguraram não ter conotação religiosa. A nova trilha sonora irá ao ar a partir do mês de junho.

É evidente que a American Standard não poderia conceber nenhuma razão do ultraje dos telespectadores que não fosse a blasfêmia. A ideia de que a verdadeira blasfêmia poderia ser o abuso de uma obra de arte musical pode nunca ter ocorrido ao representante do serviço de atendimento a clientes da empresa, que preferiu atribuir a ofensa às associações religiosas, e não musicais, dos telespectadores.

Embora não intencional, a utilização de uma obra de Mozart na publicidade televisiva cria uma ampla familiaridade com um pequeno excerto de seu *Requiem*, tomado fora de contexto e sujeito a associações não musicais: nesse caso, a necessidade de comprar um vaso sanitário novo. Esse tipo de familiaridade é bastante prejudicial à condição atual da música clássica. Usar fragmentos de grandes trabalhos musicais para penetrar a cultura popular (ou a falta dela) não é a solução para a crise da música clássica. A acessibilidade não vem através do populismo e sim de um maior interesse, curiosidade e conhecimento. Certos locais são definidos como sendo "acessíveis a cadeiras de rodas". Para construir prédios com essa acessibilidade é preciso, simplesmente, colocar rampas ou elevadores onde quer que existam escadas. No caso da música clássica, a educação é a rampa ou o elevador que a torna acessível. A educação musical deve começar desde muito cedo, para que possa se desenvolver organicamente, assim como acontece com a compreensão da linguagem falada. Torna-se antes uma necessidade que um luxo. No entanto, o domínio de um instrumento não é condição essencial para ter a capacidade de compreender ou concentrar-se em uma peça musical; ouvir música não precisa ser uma atividade passiva.

Aristóteles escreveu, em seu tratado sobre política, que:

> [...] Em suas diversas fases, a educação das crianças se revela um dos primeiros cuidados do legislador. [...] Em toda parte a educação deve tomar como modelo a forma de governo. Cada Estado tem costumes que lhe são próprios, de que dependem sua conservação e até sua instituição. São os costumes democráticos que fazem a democracia e os costumes oligárquicos que fazem a oligarquia. Quanto mais os costumes são bons, mais o governo também o é*.

Há muito a ser aprendido a respeito da vida através da música e, ainda assim, nosso atual sistema de ensino ignora totalmente essa área, desde o jardim de infância até os últimos anos da escola. Mesmo em escolas de música e conservatórios, o aprendizado é altamente especializado e, muitas vezes, está desligado do conteúdo real da música e, por isso, de sua força. A disponibilidade de filmes e gravações de concertos e óperas está em proporção inversa à carência de conhecimento e compreensão musical predominante em nossa sociedade. O atual sistema de ensino público é responsável pelo fato de que a maioria das pessoas pode ouvir qualquer peça musical que queira, mas é totalmente incapaz de se concentrar plenamente nelas.

---

* Aristóteles, *A Política*, livro VIII, parte 5. (N. T.)

A educação do ouvido talvez seja muito mais importante do que se imagina, não só para o desenvolvimento de cada indivíduo, mas para o funcionamento da sociedade e, portanto, dos governos. O talento musical, a compreensão da música e a inteligência auditiva são, muitas vezes, colocados à parte da vida cotidiana e ficam relegados ou ao entretenimento ou ao mundo esotérico da elite da arte. A habilidade de ouvir diferentes vozes ao mesmo tempo, compreendendo a fala de cada uma delas, separadamente; a capacidade de lembrar-se de um tema que fez sua primeira aparição antes de se submeter a um longo processo de transformação e agora reaparece sob uma luz diferente e, por fim, a competência auditiva necessária para reconhecer as variações geométricas do tema de uma fuga são todas as qualidades que reforçam o conhecimento. Talvez o efeito cumulativo dessas habilidades e capacidades possa formar seres humanos mais aptos a escutar e a compreender vários pontos de vista de uma só vez, mais capazes de avaliar seu próprio lugar na sociedade e na história e mais propensos a apreender as semelhanças entre todas as pessoas em vez de destacar as suas diferenças.

3. Liberdade de pensamento e interpretação

Eu li o livro *Ética*, de Spinoza, pela primeira vez, aos treze anos de idade. A Bíblia, que geralmente estudamos na escola, para mim é o trabalho filosófico mais importante já realizado, porém a leitura de Spinoza me abriu um novo horizonte, que é o motivo de minha contínua dedicação aos seus trabalhos. O princípio simples de Spinoza de que "o homem pensa" se tornou para mim uma atitude mental existencial. Minha cópia de seu livro ficou marcada com dobras e rasgos. Durante anos eu o levei em minhas viagens, para quartos de hotel e mesmo nos intervalos de concertos ficava absorto em muitos de seus princípios. Essa obra é a melhor base de treinamento para o intelecto, antes de tudo porque, nela, Spinoza ensina a liberdade radical do pensamento de forma mais completa que qualquer outro filósofo.

Essa marca de liberdade do autor não é uma liberação da disciplina em favor da arbitrariedade de pensamento, mas um processo ativo. Quanto mais o indivíduo for capaz de determinar os próprios pensamentos – causando-os, assim criando sua própria experiência da realidade –, mais será possível que ele se torne autodeterminado a ser verdadeiramente livre. É bem fácil acreditar na liberdade do indivíduo na civilização ocidental moderna, por possuir tantas escolhas – a escolha de onde viver, do que ler, do que assistir na televisão ou na internet –, quando, na verdade, essa espécie de liberdade requer uma consciência clara das vontades de tal indivíduo. Sem isso, ele é simplesmente um escravo dessas vontades e não possui o poder de formar suas próprias ideias e ações.

Essa conscientização tem se tornado uma espécie de autoanálise pré-freudiana para mim; graças a Spinoza pude ver a mim mesmo e, também, ver o meio em que vivo de forma objetiva. Isso pode fazer a vida suportável até mesmo durante as experiências de sofrimento; o que é ensinado na *Ética* permite que se tenha uma percepção do mundo como um lugar possível de ser controlado. O próprio Freud escreveu, em uma carta a Bickel, "admito minha dependência dos ensinamentos de Spinoza". De modo inverso, Spinoza admite, prefigurando uma análise freudiana, que não podemos ter o controle completo sobre nossas emoções. Em *Ética* (proposição 7, parte IV), ele escreve: "Uma emoção não pode ser contida ou eliminada, exceto por outra emoção contrária e mais forte do que aquela que deve ser reprimida". Não é suficiente, então, entender racionalmente que o ciúme, por exemplo, tem um efeito negativo no organismo; ele deve ser combatido por uma emoção igualmente forte – a generosidade ou, até mesmo, o amor. A capacidade de criar equilíbrio emocional, entretanto, depende da consciência intelectual do problema. Desse modo, Spinoza exige a integração de todos os aspectos humanos para alcançar a verdadeira liberdade.

Também na música, o intelecto e a emoção caminham de mãos dadas, tanto para o compositor como para o intérprete. As percepções racional e emocional não estão apenas em conflito uma com a outra; antes, uma guia a outra para atingir o equilíbrio da compreensão, no qual o intelecto determina a validade da reação intuitiva e o elemento emocional proporciona uma sensibilidade racional com uma dimensão de sentimentos, que humaniza o todo. Alguns músicos são vítimas da crença supersticiosa de que uma análise demasiadamente completa de uma peça musical pode destruir a qualidade intuitiva e a liberdade em sua execução, confundindo consciência com rigidez e esquecendo que a compreensão racional não é somente possível, mas absolutamente necessária para que a imaginação não seja limitada.

Certa vez, o grande Voltaire acusou Spinoza de "abusar da metafísica". Hoje, entretanto, a natureza inflexível da metafísica tornou-se mais importante que nunca. Pensar de modo metafísico significa, etimologicamente, ultrapassar o físico, o tangível e o literal para compreender tanto a essência de algo como sua relação com todas as outras coisas, seja uma pessoa, um governo, uma voz de uma fuga de Bach ou um evento na história. A liberdade de pensamento tornou-se, de fato, um de nossos tesouros mais valiosos numa época em que os sistemas políticos, os constrangimentos sociais, os códigos morais e a justiça política muitas vezes controlam nosso pensamento.

Outra limitação inevitável no pensamento livre é a tentativa de simplificar a condição da existência humana através da construção de um sistema de crenças, que faz o questionamento se tornar um ato fútil. Sem dúvida, existe um grande esforço inerente à formulação de questões quanto à existência do ser, um esforço cercado por medos da incapacidade de responder a tais questões ou, pior ainda, de encontrar respostas desconcertantes. Esse esforço é a mais poderosa arma disponível contra o dogma; a ideia de pesquisar exige vontade e coragem de aprender por etapas, sem qualquer garantia de adquirir o conhecimento no final do processo. A busca por um sistema de crenças, por outro lado, é o começo da base da ideologia e do fundamentalismo. Quando uma ideia é engolida por um sistema é, também, despida de sua essência e da energia com a qual foi concebida. Esse sistema é, por natureza, um conjunto de regras para a aplicação de ideias e princípios que impedem a necessidade de um pensamento novo, ao passo que uma ideia está, por natureza, em processo constante de desenvolvimento. Pode-se dizer que uma ideia tem potencial para transcender conceitos fixos, obtendo uma perspectiva metafísica, ao passo que um sistema permanece materialista e inflexível em seu ponto de vista.

A ideologia, em qualquer forma ou manifestação, não é a expressão de uma ideia, é, simplesmente, um veículo para sua implementação. Entretanto, nenhuma ideia pode ser implementada em todos os aspectos de uma só vez, tal como um intérprete pode apresentar apenas certos aspectos da música numa apresentação, mas não pode expressar tudo o que diz a partitura. A essência pura de uma ideia, que é infinita, não deve ser confundida com a sua implementação, que é finita. Sua essência não está sujeita a se modificar com o tempo, ao passo que a sua implementação é variável, dependendo do tempo, percepção e compreensão.

A capacidade de distinguir uma ideia de uma ideologia e de decidir reexaminar os princípios de um indivíduo, em vez de se satisfazer com uma solução pré-definida, não é simplesmente um desafio ao intelecto, mas também ao caráter. Em outras palavras, um ser humano que tem uma ideia e observou como ela funcionou no passado, acredita que ela pode ser aplicada em outras situações sem a necessidade de maiores investigações. Esse é um exemplo do que Spinoza chama de conhecimento empírico, adquirido simplesmente pela observação de modelos ou hábitos recorrentes e não de uma compreensão da essência. Esse conhecimento empírico, em termos filosóficos, é mutilado e confuso ou simplesmente incompleto. Tendo observado que o Sol aparece e desaparece todos os dias, podemos dizer que sabemos que o Sol continuará aparecendo e desaparecendo a cada dia; contudo, segundo Spinoza, esse é um conhecimento muito básico, uma vez que ele não inclui a compreensão nem a capacidade de explicar por que e como esse fenômeno ocorre.

Além do conhecimento empírico, Spinoza também analisa outras duas importantes espécies de conhecimento; o segundo tipo, que é a razão, consiste de "noções comuns e ideias adequadas sobre as propriedades das coisas"*. Esse não é o conhecimento da manifestação determinada de algo, como exemplo, um círculo específico,

---

* Spinoza, *Ética*, proposição 40, parte 2, segundo *scholium*. (N.T.)

mas de círculos em geral. A terceira espécie, o conhecimento intuitivo, permite que se conheça algo sem a necessidade de demonstração, sendo que isso pertenceria à segunda espécie de conhecimento[1]. Essa espécie de conhecimento foi criticada por muitos por ser um tanto obscura e incompreensível, mas é o tipo que Spinoza considerou ser o mais poderoso.

Mesmo a mais inteligente e humana das ideias precisa ser constantemente submetida a um novo exame, no mínimo em razão da relação entre conteúdo e tempo; nossa compreensão de ideias está em transformação permanente na progressão do tempo linear. Por exemplo, os princípios da Revolução Francesa – liberdade, igualdade e fraternidade – não devem simplesmente permanecer gravados na pedra, mas necessitam ser reavaliados e adaptados a novas realidades. Da mesma maneira, a música de Bach pode ser expressa na linguagem estilística de mais de uma época, desde que seja executada como se fosse a primeira vez.

Os grandes avanços da tecnologia e dos meios de comunicação atuais têm, em muitos aspectos, nos conduzido a uma tendência geral de contentamento com *slogans*, que não são somente substitutos pobres, mas aberrações de ideias que eles supostamente representam. Essa versão de "taquigrafia do conhecimento", quando é aceita sem maior análise, pode levar à preguiça mental. A informação é apresentada na TV e até, em muitos casos, na internet, sem tempo suficiente para reflexão e compreensão, e transforma, assim, uma invenção poderosa e potencialmente muito positiva em uma

---

[1] Tomando um exemplo matemático, para se encontrar a quarta proporcional (fornecidos três números, encontrar um quarto que representa para o terceiro o que o segundo representa para o primeiro, por exemplo: 1, 2, 3, 6), deve-se multiplicar o segundo pelo terceiro e dividir o resultado pelo primeiro. Para alguém que conhece essa solução apenas pela experiência prática (o primeiro tipo de conhecimento), isso sempre funcionou com números pequenos e o mesmo deve, por isso, acontecer com todos os números. Aquele que usa a razão (segundo tipo de conhecimento) relacionará essa regra a uma confirmação matemática, nesse caso, Euclides. Mas, com o conhecimento intuitivo (terceiro tipo), a regra não é necessária, pois se pode "ver" o quarto número sem o cálculo. Pensamos na regra em um certo exemplo, mas não fazemos os cálculos.

ferramenta ideal para a manipulação do grande público. Às vezes, eu me pergunto se Hitler ou Goebbels teriam sido capazes de conquistar tanta popularidade sem a ajuda do rádio e dos noticiários cinematográficos. Atualmente, graças ao desenvolvimento da nova tecnologia, é muito mais fácil e rápido, que no passado, encontrar informações sobre quase tudo. Na maioria das vezes, entretanto, essas informações são aceitas de forma passiva e não há nenhum espaço para discussões civilizadas sobre todos esses fatos supérfluos, nem mesmo na internet. Uma discussão requer raciocínio – formulação de ideias – e uma ideia precisa de tempo para ser desenvolvida e conseguir ser transmitida.

Para permitir que uma ideia cresça e permaneça flexível, são necessárias não só uma constante exploração intelectual, mas também a capacidade de reexaminar a posição do próprio indivíduo sob um aspecto objetivo. Com experiência e através da repetição, tendemos a nos render à validade do conhecimento empírico, tomando o caminho de menor resistência. Por outro lado, um caráter forte, parafraseando Spinoza, esforça-se para transformar observação em compreensão – do conhecimento empírico a uma compreensão da essência –, o que requer a segunda e a terceira espécies de conhecimento. Esse conhecimento mais elevado previne a influência de falsos preconceitos, permitindo ao indivíduo conduzir uma vida racional que, para Spinoza, é sinônimo de liberdade. Segundo ele, a razão deve impregnar todo pensamento, emoção e atividade do ser humano[2].

---

[2] Spinoza escreve: "Todos os preconceitos que me comprometo a apontar aqui dependem de um fato: daqueles homens que comumente supõem que todas as coisas naturais acontecem por causa de um fim, como eles mesmos o fazem" (Spinoza, *Ética*, parte 1, apêndice). É a ignorância que faz esses preconceitos serem fortes, a falta de conhecimento de como as coisas funcionam na verdade. Quando o homem em sua ignorância começa a acreditar, por exemplo, que Deus criou o mundo *para* o homem, ele inventa construções absurdas para fazer que seu conceito do mundo se adéque à realidade. "[…] onde resulta que todos, segundo sua própria índole, encontram diversos modos de adorar a Deus, com o objetivo de que Deus os ame mais que aos outros e direcione toda a Natureza para proveito de seu desejo cego e sua ganância insaciável. E assim, esse preconceito se transformou em superstição

O fio condutor da *Ética* de Spinoza é que baseamos a nossa finitude no infinito. O homem é um ser finito já que não é, em absoluto, seu próprio determinador – em outras palavras, ele não é a causa de si mesmo. Só Deus é a causa de Si mesmo (*Causa sui*) e, por isso, Ele é também a causa de todas as coisas, inclusive do homem. Portanto, a finitude do homem é baseada no infinito; quando o indivíduo adquire o verdadeiro conhecimento – da segunda e terceira espécies – e é ativo no conceito de Spinoza de criação intelectual e emocional, ele aumenta seu poder e se aproxima do infinito.

Do mesmo modo, a finitude de qualquer interpretação musical é baseada na infinidade de possibilidades disponíveis. A partitura é a substância final, o trabalho terminado e a sua interpretação são finitos, uma expressão temporária que toma lugar no tempo, tendo começo e fim. Ser capaz de entender a essência da música nela mesma é estar disposto a começar uma pesquisa interminável, por isso a tarefa do músico não é exprimir ou interpretar a música como tal, mas aspirar, tornar-se parte dela. É quase como se a interpretação de um texto criasse um subtexto próprio que se desenvolve, comprovando, variando e contrastando com o texto real. Esse subtexto é inerente à partitura e é ilimitado; ele resulta de um diálogo entre ela e o intérprete, e sua riqueza é determinada pela curiosidade deste último. No teatro, a função do subtexto é mais óbvia: o diretor de cenário e os atores ou cantores são obrigados a contar a história explorando também as condições subjetivas e objetivas que influenciam cada personagem. Ser "fiel à partitura", uma expressão usada frequentemente, significa muito mais que literalmente reproduzi-la de forma sonora; examinando a questão por essa perspectiva, pode-se dizer que não existe tal coisa como fidelidade absoluta à partitura.

---

deixando raízes profundas nas almas, o que foi a causa para que todos se esforçassem, ao máximo, para entender e explicar a finalidade de todas as coisas. Mas, ao pretender mostrar que a Natureza não faz nada em vão (isto é, nada que não seja para o proveito dos homens), eles parecem ter mostrado, simplesmente, que a Natureza e os deuses são tão loucos quanto os homens" (Spinoza, *Ética*, parte 1, apêndice).

A alfabetização é só metade da equação, a outra é composta pela interrogação que nos leva a analisar e compreender cada trecho da música quanto à natureza última do todo.

Uma das conclusões mais importantes de Spinoza é a necessidade do ser humano de superar a contradição entre o finito e o infinito. Ele foi capaz de exprimir a verdadeira natureza do pensamento judaico-cristão e, ao mesmo tempo, permanecer fora dele e até mesmo negá-lo. Tanto nas tradições judaicas como nas cristãs, Deus criou o mundo mas está fora dele. Spinoza, por outro lado, não diria que Deus criou o mundo, mas que Ele o produziu – em termos filosóficos, que Ele o causou. Deus, para Spinoza, não está fora do mundo, e essa visão foi objeto de uma crítica muito dura de seus contemporâneos. A comunidade judaica na Holanda considerou isso um motivo até mesmo para bani-lo. O Deus do pensamento judaico-cristão, segundo Spinoza, é uma invenção do homem, que imagina que Ele pensa e age como os seres humanos. Kierkegaard, um exemplo do pensamento filosófico puramente cristão, fala do reconhecimento por parte da criatura finita – o ser humano –, de sua dívida com o criador infinito, ao passo que Spinoza acreditava na necessidade de superar a contradição entre finito e infinito.

Essa não é apenas a chave para a interpretação da música, mas também para a compreensão da natureza humana. Como intérpretes, devemos aceitar a partitura impressa como uma substância infinita sem esquecer que somos finitos, temporários e, como seres humanos, devemos reconhecer que também somos individualmente finitos em relação à profundidade infinita da natureza humana. De forma contrária, a essência de nossa finitude é precisamente o nosso esforço de existir para sempre, nos tornarmos infinitos. Nenhum ser humano, a menos que esteja no limite da desesperança, tem o livre arbítrio para deixar de existir. Frequentemente nos imaginamos modificando o curso de nossa vida de acordo com nossos interesses ou necessidades, e é fascinante, porém um exercício muito difícil, imaginar as direções que poderíamos ter tomado em diferentes momentos dela.

Esse exercício não é absolutamente relevante em nossas vidas. Na música, contudo, é útil imaginar o que o compositor teria escrito se tivesse escolhido um caminho diferente, seja no sentido melódico, harmônico ou rítmico. A abertura do prelúdio de *Tristão e Isolda* seria inteiramente diferente se a primeira afirmação, nas três barras iniciais, tivesse uma resolução harmônica completa antes de sua repetição. Como está escrita, ela leva somente a uma resolução harmônica parcial. Do mesmo modo, é interessante imaginar como o mundo seria diferente hoje se, por exemplo, houvesse mais de uma superpotência e a Guerra Fria continuasse existindo. O unilateralismo da política norte-americana atual não é apenas resultado do modo norte-americano de pensar, mas, sobretudo, é resultado da ausência de uma outra potência mundial capaz de estar numa condição de igualdade com os Estados Unidos.

Uma constituição nacional pode ser comparada a uma partitura, e os políticos, aos intérpretes que devem constantemente atuar e reagir segundo os princípios nela delineados. Em uma democracia, o povo pode questionar a constituição e adaptá-la às suas necessidades, quase como uma sinfonia composta coletivamente. Assim como o intérprete deve estar sempre atento e curioso em reexaminar noções anteriormente concebidas de interpretação e execução, o político tem de ter conhecimento das ações do povo bem como de sua falta de ação em relação aos princípios pelos quais seus eleitores escolheram viver. A espontaneidade é necessária não apenas ao intérprete, mas também ao político, que deve ser flexível o bastante para ajustar sua opinião do que deve ser feito quanto à realidade atual. Vale a pena salientar que há uma diferença significante entre espontaneidade ou flexibilidade e a falta de ideias ou de pensamento estratégico. A flexibilidade é fundamental para a sobrevivência da democracia, que floresce no diálogo constante entre os eleitores, os políticos e as políticas adotadas.

A democracia foi uma ideia que se originou na Grécia há milhares de anos. Ao longo dos séculos e milênios, o conceito original foi perdido, como demonstrado pelas manifestações contemporâneas do processo democrático. Na sociedade da Grécia antiga, só os sábios podiam eleger e determinar o curso do governo em ação para o bem popular. Hoje, o direito de votar é acessível a todos os cidadãos, como deve ser, mas nega aos eleitores a oportunidade de uma educação completa. O atual mundo político é moderno somente em suas manifestações externas; a tecnologia tornou a comunicação muito mais eficiente, o que infelizmente levou à exploração e manipulação da população não escolarizada. A maioria dos eleitores em nossa sociedade não é versada em nenhuma arte ou ciência – que foram, segundo o antigo pensamento grego, essenciais para qualquer compreensão do governo – e é incapaz de pensar além do presente e do futuro imediatos para entender totalmente as consequências da ação política. O resultado é uma sociedade duplamente pobre, na qual os políticos são forçados a atuar taticamente e não estrategicamente para estar no poder tempo suficiente para realizar qualquer mudança, e o povo, que é manipulado, permanece ignorante sobre as questões mais importantes.

Um dos aspectos fundamentais do pensamento político é a capacidade de usar a estratégia para modificar a realidade, não diferente de um compositor que estrategicamente constrói sua composição, primeiro apresentando o material e só depois transformando-o. O intérprete também deve ser capaz de "sentir", com o ouvido interno, a última nota de uma peça antes de tocar a primeira, e para fazê-lo deve criar sua própria realização física da partitura – um termo que prefiro ao tão utilizado "interpretação" – de forma mais estratégica do que tática, agindo em vez de reagindo. A abordagem tática está constantemente sujeita à reação do intérprete a elementos harmônicos, rítmicos e melódicos que venham ocorrer e não pode resultar na construção de um conjunto orgânico composto de todos esses elementos. Só um intérprete que pense estrategicamente é capaz de comunicar a estrutura de uma peça musical ao ouvinte, e não simplesmente os diferentes humores que ocorrem dentro dela.

Tornar-se realmente livre e espontâneo na realização da música é como se tornar comandante dos próprios pensamentos, de acordo com os princípios de Spinoza. Assim como é fácil confundir o direito de pensar livremente com liberdade de pensamento, também é possível sentir-se espontâneo na execução, quando na verdade se está limitado pela tendência de reagir a eventos musicais à medida que eles ocorrem. Existe uma lenda árabe, do século VIII, que diz que o poeta Abu Nuwas uma vez visitou Khalaf Al Ahmar para pedir conselhos sobre como escrever poesia e lhe disseram que começasse memorizando mil poemas. Depois de ter realizado a tarefa, ele os recitou ao mestre, que, então, o instruiu a esquecê-los prontamente. Essa narrativa, embora resumida, descreve exatamente o processo pelo qual um músico deve passar quando estuda um trabalho pouco conhecido; em outras palavras, a estrutura de um trabalho deve ficar tão incorporada à mente do músico que o pensamento intelectual durante sua realização não é mais necessário. Por outro lado, ele pode confiar que suas inspirações espontâneas resultam de seu conhecimento profundo do trabalho e não de uma excentricidade pessoal.

Quando leio ou toco uma partitura pela primeira vez, não existe nenhuma possibilidade objetiva de haver uma familiaridade ou compreensão intelectual da peça; a primeira reação é exclusivamente instintiva, o resultado de uma primeira impressão. Nem mesmo o músico mais talentoso do mundo seria capaz de analisar um trabalho à primeira vista. Depois desse contato inicial, posso então proceder a uma análise da peça, trabalhar nela, pensar nela, virá-la ao contrário e, assim, adquirir muito mais conhecimento da música do que obtive na primeira leitura. Geralmente, nessa etapa do procedimento, muito do frescor do primeiro contato pode ter sido perdido. A primeira reação intuitiva foi o começo de um processo que se tornou essencialmente racional, e minha principal preocupação então é entender a anatomia da peça, sem a qual seria impossível exprimir sua estrutura. Tenho de observar as relações entre todos os elementos diferentes da música. Entretanto, ter a estrutura em mente é só uma parte do caminho necessário para uma verdadeira compreensão da música. O próximo passo é fruto do conhecimento, o mais detalhado possível, dos materiais musicais, que me permite reviver a primeira abordagem, mas dessa vez com uma espécie de ingenuidade consciente que me permite abrir a peça como se a música estivesse sendo composta enquanto é executada. Muitas vezes, depois de ter trabalhado a fundo dessa maneira, algo inesperado me acontecia durante a execução e me fazia seguir em uma direção que nunca havia me ocorrido em nenhuma das vezes que tocava em casa. Entretanto, essa realização espontânea não teria sido possível sem todas as repetições e sem familiaridade, resultados de um estudo intenso. É por isso que a improvisação – indo em uma direção inesperada, permite que os dedos, o coração, o cérebro e o estômago cooperem de modo não premeditado – é um estado muito abençoado na vida de um ser humano e é também a base para se fazer música.

Não existe substituto para o conhecimento de si próprio ou da compreensão metafísica da partitura e a relação do indivíduo com ela; nem mesmo um grande talento ou a mais exaustiva preparação pode compensar a falta de todos esses elementos. "O homem pensa", afirma Spinoza, e esse pensamento é resultado de um diálogo entre o intelecto, as emoções e a intuição. Isso não é válido só para a mente de cada indivíduo, mas também para grupos de pessoas e até mesmo nações. Como vimos na história do Oriente Médio, a exclusão de uma ou várias partes do diálogo pode ter consequências desastrosas, resultando até em terrorismo. A inclusão de todas as partes num diálogo, seja na política internacional ou na consciência de um indivíduo, não é uma garantia da harmonia perfeita, mas cria as condições necessárias para a cooperação.

4. A orquestra

Edward Said disse que a música tem em si algo de subversivo. Como tantas coisas na música, isso diz mais sobre como nós a percebemos que sobre ela mesma. Ele estava sem dúvida correto, porém, na música, notas e vozes diferentes se encontram e estão ligadas umas às outras, num andamento comum ou num contraponto, o que significa exatamente o que diz a palavra – um ponto contra outro. No entanto, mesmo no ato de desafiar umas às outras, as duas vozes encaixam-se perfeitamente, completando-se entre si. Em música, existe uma hierarquia audível permanente que consiste na voz principal, na secundária e no acompanhamento. A relação entre a voz principal e a secundária é claramente definida por suas respectivas funções. Contudo, a relação entre elas e o acompanhamento é menos evidente, já que ele pode apoiar ou complementar a voz principal ou secundária, mas também pode atuar de forma subversiva, caracterizando a música de forma que as principais vozes estejam permanentemente conscientes da figura de acompanhamento. Ainda que seja tão importante, esse mesmo acompanhamento nunca deve se permitir questionar a importância das vozes principais. Na música de câmara e na orquestra, um dos maiores desafios para o equilíbrio do conjunto é que os instrumentos ou grupos de instrumentos que desempenham longas passagens de acompanhamento têm uma tendência a esquecer sua própria importância e recorrer à execução passiva das notas. Deve ser muito perturbador tocar o segundo violino ou viola em uma parte da abertura de Rossini, por exemplo, em que o tema principal é desempenhado pelos primeiros violinos ou instrumentos de sopro, especialmente se o músico sente que poderia dar uma contribuição maior. O paradoxo dessa frustração, porém, é que um músico que perde sua consciência objetiva da relação entre a sua voz e a voz principal não apenas sabota a proeminência da voz principal, mas também deprecia sua própria atuação. O maestro austríaco Josef Krips expressou essa questão de forma bastante sucinta, ainda que não tenha utilizado uma terminologia musical muito profissional, quando disse que os acompanhamentos na obra de Mozart devem ser aristocráticos ou plebeus, mas nunca burocráticos.

 O movimento lento da *Sonata Patética* de Beethoven abre com uma melodia relativamente simples. No entanto, quando o analisamos de perto, vemos que há uma voz principal que tece seu caminho através de todo o trecho e uma linha de baixo secundária que a acompanha, no melhor sentido da palavra – não simplesmente seguindo-a, mas subindo quando a melodia cai e vice-versa –, desse modo, conversando e influenciando-se mutuamente. Ao mesmo tempo, há uma voz mediana que proporciona uma sensação de continuidade e fluidez.

Ludwig van Beethoven, *Sonata para Piano Op. 13 "Patética"*, 2º movimento (*Adagio Cantabile*), barras 1-8

No último prelúdio do livro I de *O cravo bem temperado*, de Bach, existem três vozes diferentes, cada uma delas disputando nossa atenção em momentos diferentes. As duas vozes superiores são igualmente importantes e seguras de sua importância, permitindo-lhes um diálogo entre iguais. A linha de baixo tem um movimento lento, contínuo, que possui uma função melódica muito menos importante, mas é capaz de influenciar o diálogo de duas vozes superiores por meio de mudanças harmônicas que forçam as vozes principais a estarem constantemente vigilantes.

Johann Sebastian Bach, *O cravo bem temperado*, Livro I, Prelúdio XXIV em si menor, barras 1-7

Mesmo nas árias líricas de Bellini, Donizetti ou Verdi, nas quais fica claro que existe apenas uma voz principal cantando no palco e a orquestra meramente fornece o acompanhamento, é evidente que esse acompanhamento desempenha uma importante função rítmica e harmônica, influenciando e caracterizando claramente a linha da canção.

Schoenberg fez claras distinções sobre a importância de diferentes vozes, marcando a linha principal *Hauptstimme* – voz principal – e a parte secundária *Nebenstimme* – voz auxiliar, ou comentário. A hierarquia que existe em toda a música respeita a individualidade de cada voz, que pode não ter os mesmos direitos mas, certamente, tem a mesma responsabilidade como todas as outras vozes. Isso, naturalmente, é muito mais fácil de alcançar na música do que na vida; como é difícil criar, no mundo, igualdade dentro de uma hierarquia!

A música desperta o tempo | **65**

76
D.A.
sì som - mes - - si, quel can-
wie so lei - - se, die - ses
D.E.
- ra - to, ho per-du-ta la pru-den - za;
Schur - ke, mei - ne Vor-sicht ließ ich fah - ren;
D.O.
sì som - mes - - si, quel can-
wie so lei - - se, die - ses
D.G.
— si ra - du-na a noi d'in - tor - no, sia-te un po-co più pru-
— sich noch hier um uns ver - sam - meln, seid doch nur ein we - nig
77
cresc.
- giar - - - - - si di co - lo - re, son in-
Wech - - - - - sel - spiel der Far - ben, das sind
le tue col-pe ed il mio sta-to ro - glio a tut - - - - ti pa - le -
dei - ne Schuld und mei-ne Lei-den sag ich of - - - - fen je - der -
- giar - - - - - si di co - lo - re, son in-
Wech - - - - - sel - spiel der Far - ben, das sind
- den-te, vi fa-re-te cri-ti - car,
klü - ger, denn sonst re-det man von euch,
Clar.
Fag. 8va b.

Arnold Schoenberg, *Variações para Orquestra Op. 31*, 1ª variação, barras 1-3

Em períodos de regimes autoritários ou autocráticos, frequentemente os artistas têm sido capazes de permanecer fiéis a si mesmos, apesar das condições restritivas sob as quais estão. A cultura, nesse contexto, tem sido muitas vezes a única via para o exercício do pensamento independente, permitindo que as pessoas se reúnam como iguais e troquem ideias livremente, tornando-se a principal voz dos oprimidos, retomando a política como uma força impulsora para a mudança. Muitas vezes, nas sociedades que sofrem uma opressão política ou atravessam períodos de vazio na liderança, a cultura adquire uma dinâmica condutora, alterando as circunstâncias externas por influenciar a consciência coletiva do povo. Existem muitos exemplos extraordinários desse fenômeno: os escritos *samizdat* do antigo bloco do leste, a poesia e o drama sul-africanos sobre o *apartheid* e a literatura palestina em meio a profundos conflitos. De modo contrário, os regimes totalitários abusaram de seus artistas nativos, apresentando suas obras como o ápice de uma sociedade altamente eficiente e muito culta – uma das mais cínicas explorações imagináveis, uma vez que, de forma proposital, modifica o espírito da criatividade artística.

Uma das mais evidentes vítimas desse tipo de exploração foi Shostakovich, que manifestou o caráter opressivo da vida na União Soviética através de sua música. Stalin utilizou impropriamente a popularidade internacional de Shostakovich afirmando, constantemente, que sua música representava um retrato dos valores positivos da sociedade soviética. Esse equívoco deliberado chegou a influenciar o desempenho de sua música no Ocidente, onde adquiriu um caráter unidimensional e um brilho superficial muito distantes do sarcasmo e da ironia objetivados pelo compositor.

A cultura incentiva o contato entre as pessoas e pode aproximá-las, promovendo a compreensão mútua. Foi por isso que Edward Said e eu fundamos o projeto *West-Eastern Divan*, com o objetivo de reunir músicos de Israel, da Palestina e de outros países árabes para fazer música juntos e, no fim – quando percebemos a quantidade de interessados pela ideia –, formamos uma orquestra. Demos o nome de *West-Eastern Divan* ao nosso projeto a partir de uma coleção de poemas de Goethe, que foi um dos primeiros europeus a se interessar genuinamente por outras culturas. Ele originalmente descobriu o islã quando um soldado alemão, que havia sido combatente numa das campanhas espanholas, trouxe consigo uma página do Alcorão para lhe mostrar. Seu entusiasmo foi tão grande que ele começou a aprender árabe aos sessenta anos de idade. Mais tarde, ele conheceu o grande poeta persa Hafiz, e essa foi a inspiração para o seu conjunto de poemas que focaliza a ideia do outro, o *West-Eastern Divan*, que foi publicado pela primeira vez quase duzentos anos atrás, em 1819. Curiosamente, na mesma época, Beethoven escrevia a *Nona Sinfonia*, seu celebrado testamento à fraternidade e à irmandade da humanidade.

Os poemas de Goethe tornaram-se um símbolo para a ideia que é a base de nossa proposta, de unir músicos árabes e israelenses. Esse experimento teve início em 1999, em Weimar, o que tornou mais adequado nomear a orquestra com o título da coleção de poemas de Goethe. Essa pequena cidade na Turíngia representa, de muitas maneiras, tanto o melhor quanto o pior da história alemã: do século XVII ao XIX, ela foi a residência cultural de Goethe, Schiller, Bach e Liszt, e está cheia de monumentos e museus dedicados a essas grandes figuras e às suas realizações intelectuais. Todavia, desde a Segunda Guerra Mundial, o campo de concentração Buchenwald, a apenas uma curta distância da cidadezinha, lançou sua sombra sobre as mais elevadas e nobres intenções da humanidade, servindo como um lembrete constante do extremo oposto: o potencial humano para a crueldade, a falta de humanidade e a devastação. Esse episódio complexo que, desde então, está entrelaçado com a história do Estado de Israel, definiu o cenário para a primeira sessão da orquestra, que é constituída por jovens da Palestina e dos territórios ocupados, palestinos de Israel, sírios, libaneses, jordanianos, egípcios e, naturalmente, israelenses.

Sempre que se toca uma música, seja de câmara ou de orquestra, devem ser feitas duas coisas muito importantes, simultaneamente. Uma é expressar-se – senão, não haverá contribuição para a experiência musical –, e a outra é escutar os outros músicos, uma faceta fundamental para se fazer música. No caso de músicos de corda, a outra pessoa pode ser alguém que esteja próximo, partilhando da mesma posição e tocando a mesma parte da música. Como músico de sopro, o outro pode estar tocando um instrumento diferente em contraponto com sua própria voz. Em qualquer caso, é impossível tocar inteligentemente em uma orquestra concentrando-se apenas em uma dessas duas coisas. Não basta desempenhar bem seu próprio trecho, pois sem ouvi-lo ele pode se tornar tão alto que cobrirá as outras partes, ou tão suave que não será audível. Por outro lado, também não é suficiente ouvir. A arte de tocar música é a arte de tocar e ouvir simultaneamente, uma atitude reforçando a outra. Isso ocorre tanto no plano individual quanto no coletivo: a reprodução é estimulada pela audição e uma voz é reforçada pela outra. Essa qualidade dialógica inerente à música foi a principal razão para a fundação de nossa orquestra. Edward Said tornou claro, em suas discussões com os jovens músicos, que a separação das pessoas não é a solução para nenhum dos problemas que nos dividem e que a ignorância acerca do outro certamente não nos fornece nenhuma ajuda.

No *workshop*, nossa intenção foi a de iniciar um diálogo, dar um único passo em frente e encontrar um território comum entre povos afastados. Com muita emoção, testemunhamos o que aconteceu quando um músico árabe compartilhou uma partitura com um músico israelense, ambos tentando reproduzir as mesmas notas com a mesma dinâmica, os mesmos golpes de arco, o mesmo som, a mesma expressão. Eles tentavam trabalhar juntos em algo pelo qual ambos eram apaixonados, pois, afinal, agir com indiferença e fazer música são atitudes que não podem coexistir. A música exige uma atitude permanentemente apaixonada independente do nível de aptidão. O princípio fundamental da orquestra era bastante simples: uma vez que os jovens músicos concordassem em tocar apenas uma nota em conjunto, eles não seriam capazes de olhar uns para os outros da mesma forma novamente. Se na música eles foram capazes de seguir com um diálogo, tocando simultaneamente, então, um diálogo verbal comum, em que cada um espera até que o outro se cale, se tornaria consideravelmente mais fácil. Esse foi o nosso ponto de partida e, desde o início, Edward e eu estávamos cheios de otimismo, apesar de ele chamar de "um céu cada vez mais sombrio", o que, infelizmente, acabou por ser uma previsão muito precisa.

Comecei a acreditar que a moralidade e a estratégia não são termos que se excluem mutuamente; de fato, andam de mãos dadas nesse conflito, da mesma forma que na música é impossível separar o racional do emocional. O diálogo entre o intelecto e a emoção também pode servir para atenuar uma atitude dogmática em relação à religião, dando origem a um importante contraponto em lugar da potencial monotonia do fervor religioso. O Antigo Testamento, o Novo Testamento e o Alcorão são todos fontes de infinita sabedoria quando lidos a partir de um ponto de vista independente e investigativo. Ler esses textos de maneira filosófica nos dá não apenas uma compreensão da História, mas também do comportamento humano. No entanto, eles não podem fornecer diretrizes exclusivas para a existência humana se forem interpretados literalmente ou sem a consideração de todos os aspectos da inteligência humana. Em um discurso que fez em Marburgo, na Alemanha, em fevereiro de 2007, o ex-chanceler alemão Helmut Schmidt apoiou essa visão, descrevendo várias experiências que teve em sua longa carreira política. Em muitos casos, ele alegou que era impossível tomar decisões extremamente difíceis sem a ajuda da razão. As crenças religiosas e morais foram isoladas a partir do assunto em questão, a decisão de estender o direito de limitações para o crime de homicídio ou negociar com os terroristas que haviam sequestrado um membro do governo alemão. Em tais casos, os textos religiosos não podem oferecer nenhuma ajuda ou justificativa para basear-se em seu sentido de moralidade. A razão em si mesma foi responsável por ajudá-lo nessas situações extenuantes.

O conceito de razão nos traz de volta ao axioma de Spinoza de que o homem pensa e que, sem pensar, ele é inevitavelmente diminuído. Música e religião compartilham uma preocupação comum com a relação entre os seres humanos e entre o homem e o universo. O compromisso com a música exige uma busca incessante de integridade apesar da infinita diversidade presente em cada trabalho; na religião essa atitude tem o seu paralelo no esforço individual para alcançar a unidade com o Criador. Porém, a religião está preocupada principalmente com a relação do homem com o universo, enquanto a música clássica ocidental está mais interessada em explorar a profundidade da existência individual e, como tal, é denominada secular. Entretanto, tanto a música quanto a religião lutam, em essência, com o paradoxo de ser o finito da tentativa de tornar-se infinito. O compositor que apresentava a maior capacidade de transcender esse paradoxo foi Bach, cujas obras, sagradas e seculares, são cobertas com piedade e um profundo respeito pelo indivíduo.

No *West-Eastern Divan* a linguagem metafísica universal da música torna-se a conexão que esses jovens têm uns com os outros; é uma língua de diálogo contínuo. A música é a estrutura comum – uma linguagem abstrata de harmonia, em contraste com as muitas outras línguas faladas na orquestra – que torna possível expressar o que é difícil, ou mesmo proibido, de ser expresso em palavras. Na música, nada é independente. Ela exige um perfeito equilíbrio entre intelecto, emoção e temperamento. Eu gostaria ainda de argumentar que, se esse equilíbrio fosse atingido, os seres humanos, e até mesmo as nações, seriam capazes de interagir uns com os outros com maior facilidade. Através da música é possível imaginar uma alternativa do modelo social, em que utopia e praticidade juntam forças, permitindo-nos expressar livremente e ouvir as inquietações uns dos outros. Esse modelo nos possibilita obter uma visão sobre a maneira como o mundo pode, deve e, por vezes, de fato, funciona. Nossa convicção desde o início é a de que os destinos de nossos dois povos – palestinos e israelenses – estão indissoluvelmente ligados e que, portanto, o bem-estar, a dignidade e a felicidade de um indivíduo deve, inevitavelmente, ser a de outro. Esta, infelizmente, está longe de ser a forma como o assunto é visto no Oriente Médio atualmente.

A primeira sessão da orquestra *West-Eastern Divan*, em Weimar, foi financiada pelo programa *European Capitals of Culture* [Capitais Europeus da Cultura]. No ano seguinte, em 2000, Bernd Kauffmann, que havia sido o diretor de *Weimar Capital of Culture* [Weimar Capital da Cultura] em 1999, tomou para si a responsabilidade de procurar financiamentos para que o projeto pudesse prosseguir, uma vez que ficou claro que aquele poderia ter sido um acontecimento único, sem repetição. Naquele verão, o projeto foi visitado por membros do órgão de administração da *Chicago Symphony Orchestra* [Orquestra Sinfônica de Chicago], que se envolveram tanto com ele que acabaram se comprometendo a hospedar toda a orquestra no ano seguinte, em Chicago. A grande vantagem desse fato era a de que os jovens músicos – alguns dos quais nunca haviam assistido à apresentação de uma orquestra sinfônica profissional ao vivo, muito menos uma das maiores do mundo – teriam a oportunidade de ouvir a *Chicago Symphony Orchestra* ensaiar e atuar em sua residência de verão em Ravinia. À medida que o ano avançava, a situação política entre Israel e a Palestina complicava ainda mais, o que acabou levando à Segunda Intifada. Além disso, não havia qualquer perspectiva clara acerca da situação do projeto num futuro próximo. Por essas razões, Edward Said e eu ainda brincamos com a ideia de deixá-lo descansar por um ano, mas isso acarretaria o perigo de que o impulso, que havia sido acumulado ao longo de dois anos, fosse perdido.

Em dezembro de 2001, recebi a visita de Bernardino Leon, que na época era o diretor da *Foundation for Three Cultures* [Fundação para Três Culturas], na Espanha. O objetivo dessa fundação, tal como o nome sugere, é o intercâmbio de cultura, não apenas entre as três religiões – o judaísmo, o cristianismo e o islamismo –, mas entre as três civilizações associadas a elas. Bernardino Leon chegou a Chicago com a proposta de dar continuidade ao projeto em Sevilha. Em nossas discussões, Edward Said e eu muitas vezes recordamos o fato de que muçulmanos, judeus e cristãos viveram em harmonia apenas uma vez na história, por sete séculos, na Andaluzia. Portanto, a sugestão de ir para Sevilha veio ao encontro do entusiasmo imediato de ambos e, em 2002, o *workshop* teve lugar ali. Sempre foi nossa política, tanto em Weimar como em Chicago, convidar músicos locais para participar da orquestra – alemães e norte-americanos que estavam interessados no projeto –, o que deu a ela o sentimento de pertencer a cada respectivo local e não apenas de existir como um corpo anônimo num lugar estranho. Quando chegamos à Andaluzia, percebemos o quão adequado o local era para o projeto: o povo da região tinha séculos de história em comum com judeus e árabes, e por isso o projeto tocava, de forma muito particular, os seus corações. Manuel Chávez, presidente da região da Andaluzia, ofereceu-nos então um domicílio permanente para o *workshop*, uma decisão que não significava em absoluto a abertura de um negócio lucrativo que lhe traria dividendos políticos. No entanto, quando lhe perguntei porque apoiava o projeto com tal fervor, sua resposta foi que a Espanha em geral (e Andaluzia, em especial) é o que é hoje em dia graças ao fato de que judeus e muçulmanos conviveram ali por muitos anos, contribuindo para o desenvolvimento do país e de sua cultura. Se houvesse alguma forma de a região devolver atualmente o que havia recebido desses povos ao longo de séculos, ele sentia que não era apenas seu dever, mas um privilégio poder fazê-lo. Edward e eu ficamos muito impressionados com seu modo visionário de pensar.

Um dos traços mais visíveis da inspiração mútua e da influência das três culturas é a decoração mudéjar, presente em muitos palácios, igrejas e sinagogas em toda a Andaluzia. Mudéjar é uma palavra derivada do árabe, *mudajjan,* que significa "aqueles autorizados a permanecer"; em outras palavras, os muçulmanos que se submeteram às regras dos reis cristãos que, por sua vez, eram tão fascinados pelas intrigantes esculturas, azulejos e cerâmicas nos palácios e mesquitas árabes que contrataram os mesmos artesãos para construir e decorar seus próprios palácios e igrejas. Existe uma estética comum compartilhada por grande parte das sagradas e seculares estruturas de todas as culturas desse período; os mesmos motivos e padrões islâmicos foram adaptados para a cruz cristã e a estrela de Davi. Séculos mais tarde, na mesma região, os músicos da orquestra *West-Eastern Divan* tiveram a oportunidade de recriar, em miniatura, esse intercâmbio criativo, utilizando a estrutura da música clássica ocidental como estética comum.

Além do profundo significado simbólico de levar a orquestra à Andaluzia, os locais de ensaio e os alojamentos para os jovens músicos eram perfeitos. O albergue Lantana, em Pilas, a cerca de quarenta quilômetros de Sevilha, combina a atmosfera de um *campus* universitário com a de um retiro muito agradável. Na verdade, o local havia sido um mosteiro no passado e os alojamentos são simples, mas adequados. Existe uma piscina olímpica onde os músicos podem se refrescar do calor abrasador da Andaluzia (e de Beethoven!) em agosto. Entre os edifícios onde ficam as salas para os ensaios, estão o refeitório e os dormitórios; há gramados verdes exuberantes que muitas vezes se tornam palco de discussões, debates ou celebrações comuns, nas primeiras horas do dia. Em Pilas, os ensaios acontecem ao longo do dia, e instruções particulares são oferecidas por membros da *Staatskapelle Berlin* enquanto for necessário para que cada músico contribua ao máximo possível com a orquestra, independentemente de sua formação ou experiência musical anterior. Tem sido uma grande fonte de prazer e orgulho para mim o fato de os músicos da *Staatskapelle* estarem tão envolvidos no projeto que o tratam como se fosse deles. Um envolvimento assim não é tão óbvio por parte dos músicos alemães, para quem o conflito entre israelenses e palestinos é um mero assunto sobre o qual eles leem nos jornais. Mas eles se dedicam tanto ao nosso projeto, sem poupar esforços para orientar nossos jovens músicos em como fazer música, que tocam meu coração.

A discrepância entre os mais altos e os mais baixos níveis de proficiência e experiência entre os membros da orquestra cresceu enormemente nos últimos anos. No início, os músicos eram estudantes com idades que variavam entre quatorze e um pouco mais de vinte anos, que apresentaram um talento musical incomum, mas muitos deles não haviam recebido a formação necessária para se tornarem músicos profissionais. Ao longo dos anos, com o apoio dos professores associados ao projeto e com a ajuda de bolsas de estudo no exterior, alguns desses alunos se uniram às orquestras como a Sinfônica de Damasco, Filarmônica de Israel, Sinfônica do Cairo e até mesmo a Filarmônica de Berlim. O primeiro violino e o violoncelo principal da Filarmônica de Berlim (um israelense e um egípcio) e os principais tocadores de tímpanos da Filarmônica de Israel são membros da orquestra *Divan* e, às vezes, sentam-se juntos na mesma seção com alunos que tocam seus instrumentos há somente dois ou três anos. É uma oportunidade magnífica para os estudantes e um ato de generosidade e dedicação à causa da orquestra, por parte dos profissionais. Afinal, o projeto não existe simplesmente para que a orquestra realize concertos; os profissionais que continuam a voltar para a orquestra o fazem não apenas por causa dos aspectos musicais, mas devido à maneira humanitária de lidar com o conflito, que é naturalmente deles também.

A orquestra *West-Eastern Divan* é, obviamente, incapaz de trazer a paz, mas pode criar condições para o entendimento mútuo, sem o qual é impossível até mesmo falar de paz. Ela tem o potencial de despertar a curiosidade de cada indivíduo para ouvir a narrativa dos outros e de inspirar a coragem necessária para ouvir o que, às vezes, se prefere não dizer. Então, tendo escutado o inaceitável, pode ser possível pelo menos aceitar a legitimidade de outros pontos de vista. As pessoas, muitas vezes, consideram isso um maravilhoso exemplo de tolerância, um termo que não me agrada, pois tolerar alguma coisa ou alguém sugere uma negatividade velada; um indivíduo é tolerante apesar de certas qualidades negativas. O significado da palavra tolerância é utilizado erroneamente quando entendido apenas como um aspecto da generosidade altruísta. Existe uma certa presunção – eu sou melhor que você – inerente a ele. Goethe expressou de maneira resumida esse conceito quando disse: "Limitar-se a tolerar é um insulto; o verdadeiro liberalismo significa aceitação". Posso acrescentar que a verdadeira aceitação significa reconhecer a diferença e a dignidade de outros indivíduos. Na música, isso é perfeitamente representado pelo contraponto ou polifonia. A aceitação da liberdade e da individualidade do outro é uma das lições mais importantes da música.

A Revolução Francesa deu-nos três nobres e verdadeiros conceitos – liberdade, igualdade e fraternidade. Esses ideais não só expressam as aspirações do ser humano, mas também estão articulados numa ordem lógica. É impossível ter igualdade sem liberdade e, certamente, é impossível ter fraternidade sem igualdade. A música, evoluindo no tempo, demonstra que a ordem de apresentação do material inevitavelmente determina o conteúdo, bem como sua percepção. Os jovens músicos do Oriente Médio têm a liberdade de ir ou não ao *workshop* da *West-Eastern Divan*. Mas eles sabem que lá experimentarão a igualdade que lhes é negada em casa. Há uma multiplicidade de condições que criam a igualdade dentro da orquestra e que, com disciplina pessoal, podem ser levadas para a vida civil. Quando aplicadas num nível pessoal, essas condições ajudam a mudar, se não a realidade política, pelo menos a perspectiva individual, que é simultaneamente a menor e talvez a forma mais eficaz de mudar a abordagem geral do conflito.

Como escreveu Edward Said: "Meu amigo Daniel Barenboim e eu escolhemos este curso mais por razões humanistas do que políticas, pelo pressuposto de que a ignorância não é uma estratégia sustentável para a sobrevivência". Quando palestinos e árabes se reúnem para fazer música com os israelenses, o principal elemento que a política dessas regiões não tem – a igualdade – está presente. Essa igualdade pode ser simplesmente o ponto de partida para uma reflexão sobre as condições prévias para a coexistência, sendo a primeira a capacidade de compreender a história do outro, suas preocupações e necessidades para viver e evoluir. A música, ou neste caso, a orquestra, não é uma solução alternativa, e sim um modelo. A diversidade dentro do grupo promove a coexistência pacífica de diferentes identidades nacionais e, além disso, a libertação de cada um dos preconceitos mútuos. Essa é a razão pela qual foi possível para a orquestra *West-Eastern Divan* realizar o prelúdio e o *Liebestod* de *Tristão e Isolda*, de Wagner, na Espanha, Itália, América Latina, Grã-Bretanha e até mesmo na Alemanha. Teria sido inadmissível para os membros israelenses da orquestra executá-lo numa orquestra exclusivamente israelense, uma vez que o tabu sobre a música de Wagner pesa sobre os seus ombros. Esse pequeno exemplo desafiador mostra muito claramente que o caráter do projeto é mais humanista que político.

Wagner é um compositor de tal importância que esses jovens israelenses estavam ansiosos para tocar sua música, apesar das associações negativas a ela e às abomináveis afirmações que Wagner fez sobre os judeus; em particular, os judeus na música, como no título do famoso panfleto que ele publicou inicialmente usando um pseudônimo e depois, dez anos mais tarde, seu próprio nome. Na época, ser antissemita era parte do caráter psicológico dos nacionalistas europeus (não apenas dos alemães). Apesar do poder, dinheiro e influência que os judeus detinham na sociedade europeia, eram tratados como cidadãos de segunda classe. No século XIX, a essência do antissemitismo europeu baseava-se no fato de que os judeus, não importa o quanto tenham tentado se assemelhar aos outros povos, sempre permaneceram como um corpo estranho. O antissemitismo de Wagner não tinha nada de excepcional, ele era simplesmente profundo e preciso em articular seus sentimentos racistas.

Quando Hitler chegou ao poder, ele se apropriou dos escritos de Wagner sobre a arte e os valores alemães – um termo absurdo em si mesmo, uma vez que nenhuma nação pode estabelecer reivindicações de valores determinados sobre qualquer outra nação – e se identificou fortemente com a figura heróica da ópera *Rienzi*, escrita pelo compositor, como alguém que libertaria os alemães da influência de todos os outros povos. Sua afinidade com Wagner foi tão profunda que, em alguns campos de concentração, enquanto os judeus eram levados para as câmaras de gás, gravações de suas músicas eram tocadas. Por outro lado, nos campos onde os prisioneiros eram autorizados a tocar em orquestras de oficiais nazistas, eles foram proibidos de tocar Wagner, porque sua música foi considerada muito boa para os judeus. Assim, as atrocidades que têm sido associadas à música de Wagner são muito vastas e, para alguns, são parte inseparável dela.

A discrepância entre a genialidade de sua música e a natureza de suas ideias desprezíveis sobre judeus é tão avassaladora que Wagner tem sido assunto de centenas de livros. No entanto, sem ter de dedicar todo um volume a ele, é necessário dizer que Wagner é uma peça essencial do quebra-cabeça da história da música. Existem diferentes critérios para determinar a importância dos compositores: por um lado, há a simples questão do mérito ou da beleza de uma ópera, e, por outro, sua importância no desenvolvimento histórico da música. Nós estaríamos, sem dúvida, muito mais pobres sem a música de Mendelssohn, seu *Concerto* para violino, sua *Songs without words*, o octeto e muitas outras obras. A beleza e a perfeição da música de Mendelssohn são evidentes e ultrapassam todas as críticas, mas a história da música teria se desenvolvido da mesma forma se ele não tivesse existido. Por outro lado, Liszt, um compositor genial, mas talvez sem o profissionalismo e a perfeição de Mendelssohn, influenciou concreta e energicamente o caminho que a música tomaria. Berlioz representa um caso semelhante; a influência que esses dois compositores exerceram sobre Richard Wagner foi enorme e sabemos que sem Wagner não teria havido Bruckner, Strauss, Mahler ou Schoenberg. Apenas pouquíssimos compositores foram capazes de resumir numa experiência musical sublime toda a produção musical até sua própria época, e, ao mesmo tempo, mostrar o caminho para o futuro; Wagner é certamente um deles.

Como toda decisão importante que se toma na orquestra, houve uma votação para decidir se tocaríamos ou não Wagner. Apenas algumas pessoas levantaram objeções e, uma vez que a orquestra é uma sociedade democrática, foi decidido que tocaríamos e o resultado foi uma experiência muito poderosa para todos os envolvidos. No verão seguinte, Waltraud Meier estava conosco em Pilas para participar das atividades da orquestra e para ensaiar a *Nona Sinfonia* de Beethoven, que ela executou conosco por cinco vezes naquela estação. Na tarde de sua chegada, eu disse a ela para aquecer a voz antes do ensaio da orquestra, pois faríamos uma surpresa. Ela estava esperando para ouvir a *Primeira Sinfonia* de Brahms, que também estava no programa para a turnê do concerto, e quase não conseguia conter sua curiosidade. Quando ouviu a abertura do prelúdio de *Tristão e Isolda*, ela se mostrou visivelmente emocionada e, embora a sala de ensaio estivesse cheia de visitantes interessados no programa e alguns jornalistas – uma espécie de público –, permaneceu com as costas voltadas para eles, observando a orquestra e, então, começou a cantar o *Liebestod*. Todos nós – ela, a orquestra e eu – estávamos tomados por aquela experiência. Ouvir essa maravilhosa cantora alemã comunicar-se com árabes e israelitas, através da música de Wagner, era como se libertar do jugo de muitos espíritos opressivos e tantos tabus de uma só vez. A música, especialmente na orquestra *West-Eastern Divan*, não é simplesmente uma atividade comum que aproxima as pessoas para que elas possam esquecer as suas diferenças; mais precisamente, ela as orienta a entender essas inúmeras diferenças. É um processo existencial que incentiva a reflexão e a compreensão, ajudando-nos a escavar abaixo da superfície e nos conectar com a fonte de nosso ser.

Todo conflito tem potencial para trazer mudanças positivas se os envolvidos nele forem capazes de compreender a legitimidade dos argumentos do lado oposto, às vezes, até permitindo que esses mesmos argumentos reforcem sua própria maneira de pensar. A orquestra foi submetida a um grande teste quando, em 2004, surgiu a oportunidade de tocar um concerto em Ramallah. Eu havia realizado recitais em Ramallah e na Universidade Birzeit desde 1999, e meu receio em levar a orquestra *Divan* a Ramallah coincidia com os receios e as preocupações dos jovens, que consideravam esse passo muito arrojado, sobretudo porque muitos deles sequer haviam ido à Palestina. Houve muita discussão sobre a decisão de ir ou não, e as tensões que haviam se elevado durante o debate só foram dissipadas quando finalmente foi considerado um risco muito grande para a segurança da orquestra viajar a Ramallah naquele ano. No entanto, no ano seguinte, em 2005, eu estava totalmente decidido a realizar o que poderia tornar-se para todos um evento de dimensões históricas: um concerto de uma orquestra constituída de palestinos, israelenses, sírios, libaneses, egípcios e jordanianos no coração da Palestina. Era realmente uma iniciativa que nascia do impossível e, até o último momento, pairava a incerteza de que o concerto aconteceria realmente.

Minha principal preocupação, obviamente, era a segurança dos músicos. As leis israelenses proibiam que seus cidadãos se aventurassem em território palestino; e as sírias e libanesas, que o território israelense fosse atravessado, o que era indispensável se quiséssemos chegar a Ramallah. Os dois únicos países que permitiam legalmente a ida de seus cidadãos eram o Egito e a Jordânia, cujos tratados de paz formalizados com Israel podem ser descritos como "frios como gelo". Eu estava determinado a não seguir adiante com o concerto se houvesse dúvidas sobre a segurança da viagem ou da apresentação em si. Na época, alguns músicos israelenses que haviam servido ao exército ou ainda estavam alistados sentiam-se perturbados com a ida até lá; outros estavam hesitantes. Muitos músicos de outros países árabes estavam dispostos a ir à Palestina mesmo que tivessem de passar por Israel e pontos de controle israelenses para chegar até lá. Alguns dos músicos espanhóis estavam simplesmente assustados. No final, a decisão de ir a Ramallah tocou num nervo central do conflito israelo-palestiniano, levantando todas as questões de segurança, de identidade nacional, medo e preconceitos dos outros partidos que dificultam o progresso político.

O governo espanhol, numa iniciativa visionária e ao mesmo tempo prática, muito generosamente se ofereceu para fornecer a todos os músicos da orquestra passaportes diplomáticos espanhóis válidos por todo o período da viagem. Mas isso resolveu apenas parcialmente o problema formal, uma vez que todos os governos envolvidos conheciam perfeitamente bem a cidadania legítima de cada músico que estava viajando. Essa solução diplomática reduzia apenas as angústias individuais, o medo da viagem propriamente dita e as consequências posteriores em seus países de origem. O governo espanhol deixou claro que assumiria a responsabilidade por eventuais dificuldades encontradas pelos músicos em seu retorno para casa, mas isso só gerou um pequeno alívio da tensão. Nós estávamos viajando desde o começo de agosto de 2005, tocando na Espanha, no Brasil, no Uruguai, na Argentina, em bailes em Londres e no Festival de Edimburgo. Em vários momentos dessa turnê, ocorreram muitas, e algumas vezes intermináveis, discussões sobre todos os aspectos e implicações da viagem a Ramallah. Bernardino Leon, agora Secretário do Estado para Assuntos Estrangeiros da Espanha, foi ao Brasil e participou de discussões com a orquestra, tentando acalmar os ânimos. O medo, a curiosidade, a coragem, a falta de confiança e uma sensação inegável de aventura misturaram-se nos corações dos músicos; essas fortes emoções preencheram cada dia de excitação e desespero. Apesar da riqueza das emoções e do alto grau de excitação, havia um respeito onipresente e mútuo entre os músicos. Houve uma votação em que a grande maioria decidiu ir a Ramallah, mas ficou claro que ninguém seria forçado a ir, apesar de seu voto. Apenas um pequeno número de músicos decidiu não tomar parte na aventura, e aqueles que optaram por ir estavam realmente dispostos e tinham total conhecimento dos riscos implicados. Contudo, a pergunta que permanecia era se alguns membros seriam autorizados por seus governos a viajar.

No dia 18 de agosto de 2005, tocamos no Festival de Música de Rheingau, em Wiesbaden, e já era noite alta quando pudemos confirmar que a orquestra estava pronta para partir. O dia amanheceu com alguns músicos ainda incertos sobre a posição de seus governos quanto à questão da viagem à Palestina. O antigo presidente da Espanha, Felipe Gonzalez, e o ministro das relações exteriores, Miguel Ángel Moratinos, desempenharam um papel importante de diversas maneiras, inclusive reencaminhando toda a informação necessária aos governos em questão. Mesmo depois de recebermos uma mensagem extremamente diplomática que, em sua essência, dizia que não haveria nenhuma objeção governamental – e os músicos puderam confirmar esse fato através de seus próprios contatos –, a decisão final foi tomada somente meia hora antes do início do concerto em Wiesbaden. Alguns ainda permaneciam indecisos depois do concerto. Durante todo o dia, houve uma pressão inegável em muitos dos israelenses, por parte de suas famílias, e alguns dos músicos espanhóis foram lembrados de que esse projeto era principalmente israelo-árabe, com contribuição espanhola, e foram questionados se eram obrigados a ir. Um deles, que era músico principal, deu sua resposta negativa final à meia-noite. Nesse momento, apesar do horário, Tabaré Perlas, gerente da orquestra, assegurou a participação de um membro do Staatskapelle, que esteve em Berlim e estava preparado para voar a Tel Aviv no dia seguinte. Entretanto, à 1h30 da manhã, Perlas soube que o músico original havia mudado de ideia, dizendo que não podia se negar a participar de tamanha aventura.

No dia seguinte, a orquestra foi separada em grupos diferentes por razões de segurança. Esse grupo de jovens tinha passado o verão todo reunido, compartilhando alojamentos, refeições, suportes para partitura e tocando concertos inesquecíveis em conjunto. Dividir a orquestra em grupos de mesma nacionalidade foi um momento sério para eles, e que os fez reconhecer, mais do que nunca, a importância e a gravidade da situação. No dia 19 de agosto, músicos israelenses e espanhóis embarcaram num avião a caminho de Tel Aviv. Os cidadãos espanhóis foram direto para Ramallah e os israelenses permaneceram em Israel até que fosse absolutamente necessário cruzar a fronteira em direção à Cisjordânia, para o ensaio e o concerto. Em nossa chegada ao aeroporto de Tel Aviv, fui recebido por um grupo de pais dos músicos israelenses; alguns deles haviam vindo para dizer o quanto estavam orgulhosos, pois seus filhos participariam de um momento único, mas outros questionavam o meu direito de tomar, na opinião deles, um passo irresponsável e perigoso, ainda que suas crianças já fossem maiores de idade. Tentei argumentar com os pais preocupados, mas o que de fato os convenceu foi que meu próprio filho conduziria a orquestra. Esse foi, sem dúvida, um dos momentos mais difíceis de minha vida; tornava-se suportável apenas pelo *post factum* do evento histórico que seria realizado em Ramallah.

Os músicos árabes embarcaram num avião com destino a Aman para que pudessem entrar na Cisjordânia pelo lado jordaniano. Eles chegaram a Ramallah no dia 20 de agosto, com Mariam Said, viúva de Edward, que estava atemorizada pelo fato de ter sido autorizada a ir à Palestina pela primeira vez. Contudo, a excitação deles foi silenciada pela possibilidade de surgirem obstáculos na última hora, impedindo a passagem da outra metade da orquestra de Israel para a Cisjordânia, por ser considerada uma atividade ilegal. Por razões de segurança, até mesmo os membros da orquestra desconheciam o horário exato da chegada dos israelenses, o que aumentava a expectativa já considerável da espera. Finalmente, na manhã do dia 21 de agosto, os músicos israelenses foram colocados em carros diplomáticos alemães à prova de balas, em Jerusalém, e, depois de cruzar os pontos de controle, foram escoltados pela polícia palestina até o Palácio Cultural em Ramallah, onde se encontraram com seus colegas num clima geral de alegria. Nesse momento, lembrei-me mais uma vez de que o impossível é às vezes mais fácil de realizar que o difícil. Era quase inacreditável ver que todos estavam, de fato, em Ramallah, vestidos para o concerto, prontos para ensaiar e tocar como se estivessem em qualquer outra parte do mundo.

Mustafa Barghouti, um velho amigo de Edward Said e co-fundador da *Palestinian National Initiative* [Iniciativa Nacional Palestina], agora ministro da informação do governo palestino, deu as boas-vindas à orquestra e expressou sua gratidão pela confiança que os músicos haviam depositado nele, em mim e em todos os palestinos que foram responsáveis pela organização da viagem. Ele estava consciente de todo o medo e hesitação na mente dos músicos, e entendeu perfeitamente que seu envolvimento pessoal tinha contribuído muito para a decisão deles nessa viagem a Ramallah.

As reações do público palestino ao concerto ficaram divididas entre aqueles que entenderam a profundidade da mensagem trazida com a apresentação da orquestra ali – essa foi a da grande maioria – e aqueles que estavam cegos pela ideia de que isso poderia representar uma normalização da situação, em outras palavras, uma aceitação da ocupação. Os primeiros viam nossa chegada como um modelo da igualdade que poderia ser conseguida entre o Israel e a Palestina da mesma maneira como foi expressa na música produzida por aqueles jovens; os últimos, infelizmente, foram incapazes de ouvir e ver israelenses e palestinos tocarem juntos enquanto tanques e soldados israelenses ainda estavam presentes nos arredores de Ramallah. Para eles, o progresso era impossível ou, no mínimo, severamente prejudicado pela expectativa do cumprimento de certas exigências antes de acontecer apenas um diálogo entre civis. Nesse caso, tanto o valor simbólico da orquestra como o de sua capacidade para transcender a ideia que cada grupo faz do outro foram desperdiçados. Isso foi, de fato, uma grande vergonha, pois na música não há preferências de raça, sexo, religião ou nacionalidade. Diante de uma sinfonia de Beethoven todos são iguais e podem aprender com ela ou ser inspirados por ela segundo a capacidade de cada um e a vontade de fazê-lo. No que concerne à fraternidade, essa não é uma consequência inevitável, mas as condições necessárias para promover o seu desenvolvimento estão presentes, e isso é algo que não se pode afirmar sobre o Oriente Médio hoje em dia. Em todo caso, o concerto foi um triunfo e, para muitos, uma ocasião histórica. Os israelenses, que não tinham permissão para deixar a sede do Palácio da Cultura durante o dia – por decisão conjunta das autoridades israelenses e palestinas – deveriam voltar a Israel assim que a apresentação terminasse, até mesmo antes que o público deixasse a sala de concerto. A ironia da situação estava na impossibilidade da ideia, de um lado, e na facilidade de sua aplicação física, do outro. Os árabes e espanhóis celebraram alegremente durante toda a noite antes de regressar a seus países na manhã seguinte. Todos já aguardavam com grande expectativa o novo encontro previsto para acontecer no ano posterior, sem a menor noção de que uma terrível nuvem desceria sobre todos nós, no verão de 2006, na forma da guerra cruel e sem sentido entre o Hezbollah e Israel.

Não foi permitido que músicos árabes fizessem parte da orquestra em 2006, mesmo que quisessem; alguns sentiam que era impróprio tocar num tempo de tanto sofrimento, visto que, em suas culturas, a música é considerada uma ocupação prazerosa, e outros se sentiam pouco confortáveis com a ideia de se reunir com israelenses. Isso, é claro, se aplicava especialmente aos membros libaneses e sírios, que naquele período não podiam deixar seus países ou tinham grande dificuldade em fazê-lo, a menos que tivessem também uma outra cidadania e pudessem viajar em barcos ou aviões fornecidos para refugiados fugitivos. Apesar disso, o *workshop* continuou com os músicos israelenses, palestinos, jordanianos e alguns egípcios. O êxito do projeto em 2006 deve-se ao fato de não ter havido nenhuma deserção entre os membros que participaram, e não ao fato de que alguns não quiseram estar presentes.

Uma violinista libanesa que também tinha cidadania suíça, mesmo chegando tarde, esgotada e abatida depois de uma viagem angustiante de vários dias, participou prontamente do ensaio, na tentativa, como a maioria dos outros, de encontrar um oásis de normalidade e um ambiente de continuidade da vida comum em meio à violência e brutalidade da guerra. Havia uma sensação, durante todo o período antes de o cessar-fogo ter sido declarado, de que uma discussão séria sobre os eventos que estavam acontecendo não era necessária nem possível. Foi um tempo em que mergulhamos completamente na música, escolhendo apenas, durante a guerra, existir no reino infinito da expressão musical para suportar a dor sentida por tantos civis em sofrimento. Contudo, a realidade continuou reaparecendo, e Mariam Said e eu sentimos que era impossível aparecer em público num período de guerra sem fazer uma afirmação clara sobre nossas crenças. Por isso, propusemos um texto para ser impresso nos programas de concerto, que foi votado e aceito por quase todos, com exceção de uns poucos membros da orquestra. O parágrafo que se referia à guerra dizia o seguinte:

> Este ano, nosso projeto está em forte contraposição com a crueldade e selvageria que nega a tantos civis inocentes a possibilidade de continuar vivendo e cumprindo seus ideais e sonhos. A destruição, pelo governo israelense, da infraestrutura vital no Líbano e em Gaza, desalojando um milhão de pessoas e vitimando um elevado número de civis, e o bombardeamento indiscriminado no norte de Israel pelo Hezbollah estão em total oposição ao que acreditamos. A recusa de um cessar-fogo imediato e do estabelecimento de negociações para resolver definitivamente o conflito, em todos os seus aspectos, também vai de encontro à essência de nosso projeto.

O ano de 2006 terminou com uma apresentação inesquecível no dia 18 de dezembro, na sala da Assembleia Geral das Nações Unidas, como parte da cerimônia de despedida de Kofi Annan. Para minha grande alegria, toda a orquestra estava reunida; a maior parte dos músicos sírios e libaneses desejou e pôde participar, e sua presença no palco, junto com árabes e israelenses, não foi apenas importante para o equilíbrio da orquestra, mas também uma poderosa declaração de intenções perante as Nações Unidas.

A república independente e soberana do *West-Eastern Divan*, como eu gosto de chamá-la, acredita que, se algum progresso pode ser conseguido no conflito israelo-palestiniano, será necessário que ambos os lados falem e escutem um ao outro, com sensibilidade e atenção. Muitos de seus cidadãos ouviram a narrativa dolorosa da outra parte, pela primeira vez, durante o *workshop*, e isso é, inevitavelmente, um choque que também exige que eles pensem no passado e no sofrimento que dura por tantos anos. Israel, sem dúvida, tem o direito de existir, e o povo palestino, indubitavelmente, tem o direito a um estado soberano, legítimo. Israel precisa de segurança e os palestinos precisam de igualdade e dignidade. Essas necessidades e esses direitos só podem ser concedidos pelos israelenses aos palestinos e vice-versa. O exército israelense é muito poderoso e provavelmente capaz de ganhar uma guerra contra um país árabe, mas, ainda assim, incapaz de prover a Israel a segurança de que seus cidadãos necessitam. A longo prazo, a segurança do país só acontecerá depois de sua aceitação pelos palestinos e os demais vizinhos. A ocupação da terra é um obstáculo a esse objetivo, e seu fim é, há muito tempo, esperado. Decisões unilaterais comprovaram ser desastrosas; elas são moralmente inaceitáveis e estrategicamente contraproducentes. Apenas negociações honestas e corajosas entre os partidos, ainda que se envolvam direta ou indiretamente no conflito, podem levar a condições habitáveis tanto para israelenses como palestinos. O isolamento desses partidos faz que sejam parte do problema, ao passo que sua inclusão os tornará parte da solução. Muitas vezes fiquei admirado com certas iniciativas e, em outras, a admiração é acompanhada por alusões à minha ingenuidade. Questiono, contudo, se não é até mais ingênuo confiar em uma solução militar que não tem funcionado ao longo de sessenta anos. O passado é uma transição ao presente, e o presente, uma transição ao futuro; por isso, um presente violento e cruel levará inevitavelmente a um futuro ainda mais violento e cruel.

Cada membro da orquestra *West-Eastern Divan*, apesar de suas origens diversas, mostra quantidades notáveis de coragem, compreensão e visão, ao tomar parte do *workshop*. Eu gostaria de pensar em cada um deles como pioneiros de um novo modo de pensar para o Oriente Médio.

5. A história de dois palestinos

Ramzi Aburedwan e Saleem Abboud Ashkar são dois jovens palestinos cuja vida foi modificada dramaticamente pela música. Ramzi Aburedwan, nascido em Belém, cresceu num campo de refugiados em Ramallah cercado de muros, limites e um grande ódio pelos opressores israelenses. Quando criança, era conhecido por atirar pedras em soldados israelenses. Ele mesmo foi testemunha de tiroteios e brigas na rua; às vezes, as vítimas eram membros de sua própria família e seus amigos. Seu irmão e seu pai haviam sido mortos quando Ramzi era ainda muito jovem e, em vez de se amedrontar em sair às ruas, ele desenvolveu um feroz desejo de vingança. Há uma foto dele aos oito anos de idade – com uma pedra na mão, o braço levantado e mirando um alvo atrás do fotógrafo – que foi ampliada e exposta nas ruas. Ramzi foi o herói de um povo sem voz. Mesmo as montanhas que rodeiam Ramallah, onde sua família costumava ir quando ele era muito jovem, ficaram inacessíveis a palestinos quando os colonos israelenses colocaram um obstáculo na estrada a caminho da selva. Esses passeios na natureza haviam se tornado a fonte de alegria para Ramzi e para seus irmãos, que podiam brincar livremente, colher frutas e gritar no vale, esperando que os ecos voltassem do outro lado. Quando ele tinha nove anos, esse refúgio da violência diária da ocupação israelense não estava mais disponível para ele e sua família, e não havia nada mais para fazê-lo esquecer o desejo de vingança.

Saleem Abboud nasceu numa família de Nazaré, que optou por permanecer ali em 1948, depois que a cidade se tornou parte do Estado de Israel. A criação do Estado de Israel trouxe grande alegria à população judaica, para a qual o fato teve um imenso significado histórico; para a população árabe, porém, foi o *nakba*, isto é, uma catástrofe. O avô de Saleem desejou e esperou que o Estado de Israel fosse dissolvido, que os árabes defendessem e reconquistassem seu território. Entretanto, com o passar do tempo, parecia cada vez menos provável que isso algum dia fosse acontecer. Mesmo assim, era importante para o pai de Saleem permanecer em sua pátria para viver e trabalhar. Como engenheiro, ele havia recebido inúmeras ofertas de trabalho no exterior com grandes perspectivas para sua carreira, mas elas foram recusadas em nome de sua fidelidade à causa palestina. Ele acreditava que se os membros mais fortes da comunidade palestina partissem, não restaria ninguém para falar pelos direitos da minoria, nenhuma esperança de conquistar um Estado independente. A família de Saleem, ao contrário da de Ramzi, não estava fisicamente isolada do resto do mundo e não sofreu privações materiais. Seus pais tinham bons empregos; ele e seu irmão Nabeel frequentavam boas escolas. Ao contrário de Ramzi, eles podiam se movimentar livremente dentro da sociedade israelense e eram, inclusive, autorizados a viajar se quisessem. Os muros e os limites em sua vida eram outros, invisíveis, de uma forma mais traiçoeira porque existiam dentro deles mesmos.

Quando criança, Ramzi nunca havia visto ou escutado um instrumento musical ocidental. Seu avô muitas vezes escutava música oriental pelo rádio e, embora existissem orquestras sinfônicas excepcionais na Palestina (inclusive a Orquestra da Palestina, que depois se tornou a Filarmônica de Israel), eles não as conheciam. Quando Ramzi completou dezessete anos, conheceu um músico da Jordânia na casa de um amigo e foi, acidentalmente, apresentado à família ocidental de instrumentos de corda. Este homem, que esteve na Jordânia para oferecer um *workshop* sobre tais instrumentos, ajudou Ramzi a escolher um para si, com o qual se adaptasse. Ambos escolheram a viola, e o jovem rapaz decidiu tentar aprender a tocá-la durante o *workshop*, que duraria cerca de um mês, mas já com a intenção de deixá-la de lado assim que o curso terminasse. Afinal, a música realmente não tinha lugar na sociedade palestina em Ramallah a não ser como uma diversão agradável em tempos festivos. Segundo Ramzi, a música não era matéria para ser estudada – por ser muito restrita à elite, estranha e distante das dificuldades da vida diária. No final do mês, entretanto, Ramzi não só não quis abandonar a viola, como havia descoberto um modo de deixar para trás a desesperança do campo de refugiados, da ocupação – a música tornou-se sua oportunidade de ultrapassar os muros, os limites e o controle, tanto literal como figurativamente.

A mãe de Saleem havia estudado numa escola dirigida por freiras francesas, onde havia um piano. Para ela, o piano sempre foi um objeto nostálgico de sua infância quase esquecida, e, embora ela nunca tivesse tido nenhuma educação musical formal, o instrumento permaneceu sendo para ela um símbolo importante. Quando uma grande onda de imigrantes veio para Israel da antiga União Soviética em 1970, muitos deles trocaram o que tinham pelo que realmente precisavam. Um desses imigrantes tinha um piano e necessitava de uma caminhonete; o pai de Saleem tinha um velho caminhão que não podia ser vendido devido ao péssimo estado de conservação, e, portanto, eles realizaram um negócio. O piano da família Abboud passou despercebido pela vizinhança – exceto como parte da mobília – até 1982, quando Saleem completou seis anos, durante o período da *Israel's good fence policy* [Política da boa vizinhança de Israel], que permitiu que alguns moradores do Líbano visitassem Israel. Certo dia, ainda naquele ano, um parente distante foi visitá-los – era um artista profissional que, entre outras coisas, também tocava piano. Nascido na Palestina, ele havia sido enviado a Munique por seu pai na década de 1920, quando tinha quinze anos de idade, para estudar medicina ou engenharia. Seu verdadeiro desejo, contudo, era tornar-se artista, o que o fez registrar-se na *Munich Academy of the Arts* [Academia de Belas-Artes de Munique]. Ali, além de estudar pintura e arquitetura, também aprendeu a tocar piano. Embora casado com uma alemã, com quem teve dois filhos, esse parente da família de Saleem foi forçado a deixar o país quando Hitler subiu ao poder. Quando ele voltou à Alemanha para procurar por eles, em 1948, não os encontrou; ao voltar à Palestina, ela já havia sido transformada no Estado de Israel. Ao contrário dos Abbouds, ele decidiu emigrar para o Líbano. Décadas depois, ao visitar os parentes na casa de Saleem, imediatamente se sentou ao piano e começou a tocar. Os pais do garoto, que precisavam sair para trabalhar, ficaram agradecidos por ter alguém que tomasse conta das crianças, e Saleem estava fascinado por conhecer seu parente distante, pela música que ele tocava e pelo piano. Foi nessa época que ele disse aos pais que tinha de aprender a tocar o instrumento.

Em Ramallah, depois que o músico jordaniano partiu, Ramzi continuava passando horas com sua viola todos os dias, tocando melodias orientais decoradas de tanto escutar no rádio do avô. Mais tarde, naquele mesmo ano, um grupo de músicos do festival norte-americano de música de câmara veio a Ramallah para se apresentar e ensinar no conservatório, que hoje é conhecido como *Edward Said National Conservatory of Music* [Conservatório Nacional de Música Edward Said]. O concerto de música de câmara realizado por eles foi o primeiro a que Ramzi assistiu na vida; o seu primeiro contato com a música clássica ocidental. Os músicos orientais, quando atuam em grupo, sempre tocam a mesma melodia em conjunto, simultaneamente, e ele ficou aturdido pela diversidade de sons nessa apresentação – cinco músicos diferentes, cada um tocando uma parte distinta, ao mesmo tempo. A visita foi breve, mas Peter Sulski, o violista do conjunto, voltou alguns meses depois, por conta própria, para ensinar a Ramzi e a uma outra menina palestina. Ele trouxe consigo o diretor do festival, que deu a Ramzi uma bolsa para estudar no *Apple Hill Chamber Music Center* [Centro de Música de Câmara Apple Hill], em New Hampshire, naquele verão. Mesmo entusiasmado com a viola, o jovem continuou manifestando sua frustração com a ocupação de modo agressivo; às vezes, a caminho da aula de música, pegava uma pedra para quebrar a janela do carro de um colono. O convite para o festival norte-americano foi sua oportunidade de deixar Ramallah e, pela primeira vez, ele teve a chance de se concentrar exclusivamente na música. Embora estivesse tocando viola há menos de um ano, ele fora capaz de executar o *Quarteto para piano em sol menor* de Mozart ao final de um mês de estudo, contando com a ajuda de todos os membros da faculdade. Ele foi possuído por uma urgência de entender a música e desenvolver a coordenação necessária para tocar a viola; durante o curso do festival, ele trabalhou doze horas por dia.

Para o jovem Saleem, agora tomado por um profundo desejo de tocar piano, a melhor opção para iniciar sua educação musical era um professor judeu russo, em Haifa. Assim, a cada etapa de seu desenvolvimento na música, ele ficava mais profundamente envolvido com a sociedade israelense. Ele participou de competições israelenses para jovens, tocou com músicos israelenses e foi beneficiado com uma educação israelense. Quando ele ganhava prêmios em competições, sempre havia uma voz dentro dele que lhe dizia: "Isso aconteceu porque você é palestino e eles estão lhe dando um tratamento preferencial"; quando não ganhava, porém, havia outra voz que dizia: "Isso aconteceu porque você é palestino e não israelense". Em ambos os casos, nunca havia uma realização completa; cada reconhecimento ou rejeição foi tingido pelo fato de ele ser um palestino, ou, como os israelenses preferem chamar, um árabe-israelense. Quando ele tinha treze anos, e sua educação e seu desenvolvimento acabaram por se tornar muito carregados de senso político, seus pais decidiram enviá-lo a um território mais neutro para estudar: a Inglaterra.

Quando Ramzi chegou à *Apple Hill*, ficou tão eufórico por estar imerso na música e rodeado de músicos de tantas nacionalidades diferentes que foi arrebatado pela ideia de levar o maior número possível de crianças palestinas ao festival. Queria compartilhar o mundo que havia descoberto; isso lhe permitiu pensar além dos limites do conflito israelo-palestino e transcender as restrições políticas e sociais que o envolviam. Ramzi sabia que esse desejo era somente uma fantasia, mas a vontade de modificar a vida de crianças palestinas – como a sua própria fora modificada – era verdadeira. Nos anos seguintes, ele começou a concretizar o sonho de abrir uma escola de música em Ramallah, com ajuda vinda do exterior. Pouco tempo depois de seu retorno do festival norte-americano, ele havia ganhado uma bolsa de estudos para frequentar o *Conservatoire de Musique* em Angers, na França, durante um ano. Um ano estendeu-se em outro, e quando não lhe deram uma bolsa de estudos no terceiro ano, ele começou a ensinar e a tocar música oriental para ganhar o seu sustento enquanto continuava seus estudos. Durante os muitos anos em que passou escutando música árabe em Ramallah, ele nunca havia utilizado um instrumento árabe, como o *oud* ou o *bouzouki*, mas agora, na França, eles haviam se transformado numa maneira de financiar seu estudo da música ocidental. Tendo sido inicialmente enviado à França como estudante de intercâmbio, Ramzi cumpriu mais do que determinava o seu contrato: o jovem enriqueceu a vida musical do conservatório com harmonias do Oriente Médio. Ele ensinou a um cantor e a um estudante de clarineta, ambos franceses, um pouco da língua e da expressão musical árabes. Unindo-se a um percussionista palestino, eles formaram um conjunto, o Dalouna, que ainda se apresenta em todas as partes da Europa atualmente.

Saleem estava muito menos contente que Ramzi por estar longe de casa e da família em Londres, na *Yehudi Menuhin School* [Escola

Yehudi Menuhin]. Primeiramente, ele considerava a comida insuportável, especialmente se comparada com a requintada comida árabe feita por sua mãe. O estilo de vida da alta sociedade da Inglaterra era também um contraste desagradável para a mentalidade realista e geralmente socialista do povo de Israel. Ele voltou para casa depois de apenas nove meses, para registrar-se na *Israeli Arts and Science Academy* [Academia Israelense de Artes e Ciência], em Jerusalém, que estava determinada a ser a primeira de seu gênero, não somente pela ênfase no estudo de arte e ciência, mas também por sua abertura à inclusão de estudantes palestinos. Ser contemplado com uma bolsa de estudos para frequentar uma escola de abordagem israelense foi uma bênção ambígua para um menino palestino vindo de Nazaré: se por um lado ele recebia todos os inegáveis benefícios de uma educação superior, por outro, era afastado de suas raízes, da sua identidade palestina. Embora sua família não ignorasse, de modo nenhum, o problema dessa falta de identidade palestina, passou-se bastante tempo até que Saleem começasse a lidar com o conflito pessoal de ser parte de uma minoria oprimida em sua própria terra, uma terra que havia sido pátria de seus antepassados durante milhares de anos. Sem perceber, o jovem corria o risco de se desligar culturalmente de suas próprias raízes em virtude da educação israelense recebida, que, apesar de sua reconhecida excelência e alta qualidade, omitia o estudo de qualquer assunto relevante para palestinos contemporâneos. Incluir o estudo desses assuntos seria equivalente a colocar o povo palestino no mapa cultural de Israel, um ato contraditório com a identidade judaica de Israel.

Depois de estudar na França durante sete anos, Ramzi retornou a Ramallah, em 2002, e experimentou uma espécie de choque cultural inverso. Os acordos de Oslo agora não eram nada além de uma memória amarga, e o futuro parecia mais sombrio que nunca. O desenvolvimento das crianças em Ramallah parecia o negativo de uma imagem fotográfica do desenvolvimento das crianças francesas em Angers. Lá, as salas de aula eram decoradas com obras de arte coloridas feitas pelas crianças – imagens de casas, árvores, animais, sóis amarelos e brilhantes –, ao passo que em Ramallah as crianças refletiam sua percepção do que viam, desenhando imagens de tanques, metralhadoras e aviões de bombardeio suicidas. Essa era uma situação inaceitável e desastrosa para um jovem cuja vida interior e exterior fora transformada pela música. Para ele, a capacidade de produzir o seu próprio som num instrumento e a compreensão emocional e intelectual necessárias para entender uma peça musical eram o cerne de sua transformação como ser humano. Ramzi não era mais aquele menino zangado que lançava pedras em seus opressores; sua prioridade agora era mudar a vida do maior número possível de crianças. O primeiro contato com um instrumento musical modificou totalmente sua vida, e, consciente disso, ele começou a tocar para crianças sempre que possível. Um dia, depois de tocar para um grupo delas, notou que algumas tentavam desenhar sua viola. Num momento de descoberta simples, porém profunda, ele viu como era fácil formar o pensamento dos pequenos, modificar os conteúdos de sua consciência.

Com a ajuda de amigos da França, conhecidos no cenário mundial da música, Ramzi criou uma associação sem fins lucrativos para reunir o dinheiro necessário para sua causa e organizou um dia de concertos em benefício "dos músicos da Palestina". Estudantes do conservatório de Angers, ansiosos por ajudar, viajaram à Palestina por conta própria, e foram acolhidos pela família de Ramzi enquanto percorriam todas as partes da Cisjordânia, reunindo grupos de crianças e ensinando-as em *workshops* voluntários. Em todas as suas viagens à Palestina com esse fim, eles permaneciam, por várias semanas, realizando mais de cinquenta *workshops* e visitando milhares de crianças. No total, foram sete turnês em todas as partes da Palestina, e, às vezes, até se aventurando por Gaza e Hebron.

Atualmente, quando Ramzi fala a respeito das condições de vida em Ramallah e sobre a precariedade da vida cultural e intelectual na sociedade palestina, há um fogo em seus olhos. Mas esse fogo não mais resulta do ódio que outrora alimentava sua atitude vingativa; é uma chama controlada, que fornece combustível para a criação da nutrição cultural de jovens palestinos. Após o sucesso da turnê de *workshops*, Ramzi começou a buscar uma sede permanente para suas atividades musicais e educativas. Com a ajuda de uma associação cultural palestina, ele encontrou uma edificação em ruínas na antiga cidade de Ramallah, que pôde ser renovada graças ao apoio financeiro do governo sueco. Durante o período de um ano e meio, Ramzi teve de obter a permissão de dúzias de antigos proprietários do edifício para poder transformá-lo numa escola de música, o que ele finalmente conseguiu realizar. O local foi batizado de *Al kamandjati*, que em árabe significa "o violinista", e, desde então, tornou-se um próspero centro comunitário, onde 150 crianças recebem aulas de música toda semana. Durante o período de construção, Ramzi recebeu várias doações de instrumentos musicais de muitos países europeus, resultado da distribuição de panfletos em apresentações feitas por seu conjunto de música oriental. Ironicamente, esses instrumentos foram trazidos à Palestina por colonos israelenses, ainda que indiretamente. Todo mês de outubro, voluntários chegam de várias partes do mundo para dar assistência ao povo palestino na colheita das azeitonas, que é feita nas árvores que rodeiam os assentamentos (alguns deles são montados no meio das plantações de oliveiras), contra a vontade dos colonos, que fazem tudo para evitar que eles se aproximem. Os voluntários internacionais podiam colher azeitonas seguramente, junto com os palestinos, deixando claro que eram estrangeiros. Durante a reunião da *French Association for Aid to Palestine* [Associação Francesa para Ajuda à Palestina], na qual sua escola de música foi discutida, Ramzi ficou sabendo da ida de cinquenta voluntários franceses para a colheita de azeitonas na Palestina. Agarrando essa oportunidade, organizou para que cada um deles transportasse um ou dois instrumentos na viagem. Desse modo, os voluntários deram sua contribuição não só para a economia palestina, mas também para a vida cultural desse povo.

A urgência de Ramzi em levar a música ocidental às crianças palestinas cresceu a partir de sua própria dependência musical, e isso o levou a buscar uma educação – e também uma perspectiva – além dos limites físicos que o haviam mantido preso desde o seu nascimento. Os limites na vida de Saleem existiram de forma muito sutil e ficaram evidentes para ele só muito tempo depois, quando começou a notar sua falta de conexão com qualquer cultura que pudesse ser chamada de puramente palestina. Foi a sua entrada na orquestra *West-Eastern Divan*, ocorrida em 1998, que lhe colocou em contato não só com palestinos de territórios ocupados, mas também, pela primeira vez em sua vida, com outros árabes da Síria, Jordânia, do Egito e do Líbano. Edward Said desempenhou o papel mais importante no despertar da consciência de Saleem, acerca de sua herança palestina e da necessidade de analisar a contribuição israelense para o seu desenvolvimento não somente com gratidão, mas também de forma crítica. Tanto Saleem como Ramzi, de certa forma, vêm de uma espécie de isolamento; a ambos foi negado o direito de continuar sua própria história e ambos fazem parte de um tipo muito particular de minoria oprimida. Essa minoria é diferente de qualquer outra na história e não pode ser comparada, por exemplo, aos turcos na Alemanha, que imigraram em massa nos anos 1950 durante a explosão econômica alemã; ou aos norte-africanos, que se instalaram na França depois da independência da Argélia. Os antepassados de Saleem e Ramzi simplesmente ficaram onde estavam, no lugar onde viveram por séculos, e, com isso, foram se tornando minoria em razão dos eventos políticos do século xx.

A maior parte do mundo permanece ignorante a respeito do problema do aumento da minoria palestina em Israel, um grupo pequeno de pessoas que sente que possui direitos religiosos, filosóficos e históricos de estar ali. A declaração de independência israelense afirma que

> [...] o Estado de Israel se dedicará ao desenvolvimento deste país em benefício de toda sua população; será fundado segundo os princípios de liberdade, justiça e paz, guiado pelas visões dos pro-

fetas de Israel; concederá direitos, sociais e políticos, iguais a todos os seus cidadãos, independentemente das diferenças de fé religiosa, raça ou sexo; assegurará a liberdade de religião, de consciência, de língua, de educação e de cultura.

O texto continua, ao incumbir o governo israelense de "perseguir a paz e as boas relações com todos os Estados e povos vizinhos".

Quando fala sobre sua educação israelense, Saleem lamenta o fato de que a única literatura árabe incluída no currículo foi ou a egípcia ou a do período pré-islâmico; a literatura palestina contemporânea pode ser demasiadamente politizada e apresentar um questionamento muito difícil sobre a identidade palestina, uma situação que a escola não está preparada para confrontar. Quando Shulamit Aloni foi ministra da cultura, ela tentou resolver esse problema, mas a tentativa provavelmente não teve a dimensão necessária e foi bastante tardia. Esse "engano", na realidade, é um sintoma do medo e da desconfiança que direcionaram a estratégia israelense em sua relação com a minoria palestina, uma estratégia cujos frutos são gerações de palestino-israelenses sem conexão com sua própria história e pouco inclinados a se envolver nos difíceis questionamentos que sua vida apresenta. Pode-se dizer que eles foram anestesiados pelo comodismo: ao contrário das famílias no campo de refugiados superlotado em Ramallah, eles têm o mesmo direito à educação que os judeus israelenses e compartilham o mesmo padrão de vida. Diferentemente das circunstâncias em que se vive em Ramallah, que produzem violência e desassossego, as condições de vida em várias cidades – ou, mais precisamente, numa cidade como Nazaré, que foi dividida em duas – produzem simplesmente a indiferença e a ignorância quanto ao problema de identidade palestina, tanto entre os palestinos como entre os israelenses. Ao contrário de Ramzi, que confrontava diariamente sua própria necessidade de vingar a injustiça das circunstâncias em que vivia seu povo, Saleem permaneceu por muito tempo ignorante de que havia um problema a confrontar, por não ser um membro ativo de sua sociedade, sendo, como ele era, um produto da educação israelense.

Hoje, quase sessenta anos depois da criação do Estado de Israel, o país encontra-se diante de uma encruzilhada: de um lado, o confronto com o problema da natureza do Estado judeu democrático e moderno – sua identidade – e de outro o problema da identidade palestina em Israel e a possível criação de um Estado palestino. Com a Jordânia e o Egito foi possível alcançar pelo menos uma paz instável, sem ter de ameaçar ou questionar Israel como um Estado judeu. O problema dos palestinos em Israel, entretanto, é um desafio muito grande a ser resolvido, tanto na teoria como na prática. Para Israel isso significa, entre outras coisas, concordar com o fato de que a terra não era estéril e vazia, uma ideia que foi propagada na época da criação do Estado. Para os refugiados palestinos, ou no caso daqueles que decidiram permanecer desligados de sua origem, isso significa aceitar o fato de que Israel é um Estado judeu ou, ainda pior, a partir de seu ponto de vista, um Estado para os judeus.

A criação do Estado de Israel não foi o começo da hostilidade entre árabes e judeus; a população árabe da Palestina havia demonstrado sua aversão à imigração judaica desde muito antes. Depois de 1948, naturalmente, a situação só se agravou. A população judaica finalmente havia conseguido a soberania depois de milhares de anos de dispersão, e os árabes da região tiveram de escolher entre ficar num país no qual seriam uma minoria frustrada, como acontecia com a família de Saleem, ou emigrar para algum outro país árabe. Nos últimos vinte anos, os novos historiadores de Israel documentaram o fato de que muitos sequer tiveram direito a essas escolhas, sendo forçados a partir. Houve uma grande desconfiança dos dois lados no começo da existência de Israel, e, no início, as antigas cidades árabes ficaram sujeitas a regras militares. Mesmo Saleem, como parte da minoria palestina, é capaz de entender o medo de Israel de que sua segurança estivesse em risco e que essas medidas, ainda que abomináveis, eram necessárias para a sobrevivência do Estado. No entanto, mesmo décadas depois da retirada dos militares, a atitude permaneceu; não houve nenhuma mudança real na estratégia do governo israelense para seus cidadãos não judeus, nenhum reconhecimento do fato de que esse grupo já não era mais uma ameaça potencial ao Estado. Os palestinos que vivem em Israel atualmente continuam sendo apenas tolerados, e não integrados à sociedade israelense. Saleem e seu irmão, que podiam participar da comunidade israelense, que foram até mesmo apoiados e educados pelo sistema, ainda permanecem, como todos os palestinos, cidadãos de segunda classe, privados do sentimento de pertencer ao país no qual vivem.

Hoje, os palestinos são quase 22% da população de Israel. Essa é uma porcentagem maior que a já atingida por uma minoria judaica em qualquer país e período da história. Atentar para a integração dessa minoria tão considerável no Estado judeu é sacudir as raízes da psique judaica e desafiar sua noção de identidade, tal como ela se desenvolveu ao longo dos séculos. O espírito judeu deve decidir se durante a dispersão se sentiu em casa ou se foi sempre tratado como um corpo estranho. A pergunta que posteriormente surge é se a necessidade da criação de um Estado foi somente resultado da perseguição a que os judeus foram submetidos ou se o espírito judeu sempre ansiou por uma terra que fosse sua. Se a segunda afirmação for verdadeira, então é preciso considerar a diferença entre o conceito de "pátria" e "nação". Na realidade, existem muitos matizes dessa definição que se diferenciam entre várias ideias e vários ideais: uma pátria para os judeus; uma nação para os judeus; um Estado judeu; um Estado para os judeus. Arthur James Balfour, britânico de Lord Rothschild, que em 1917 foi secretário de negócios estrangeiros, escreveu que

> O governo de sua Majestade vê com favor o estabelecimento, na Palestina, de uma *pátria* nacional (grifo meu) para o povo judeu, e usará seus melhores esforços para facilitar a realização desse objetivo; fica claramente evidente que evitará qualquer ação que possa prejudicar os direitos civis e religiosos de comunidades não judaicas existentes na Palestina, ou os direitos e o estatuto político que beneficiam os judeus em qualquer outro país.

É importante observar que a ideia sionista que deu condições para a existência do Estado de Israel chegou a uma análise do problema judeu na Europa que, contraditoriamente, era semelhante à do movimento antissemita: ou seja, que os judeus sempre foram um corpo estranho e assim permaneceriam, a menos que abandonassem sua natureza judia. A assimilação havia falhado e a integração era inaceitável aos dois partidos. Wagner escreveu, em seu panfleto intitulado "*Das Judentum em der Musik*" ["Judeus na música"], que os judeus eram incapazes de escrever música alemã; no entanto, tiveram uma influência cultural tão significativa a ponto de danificar o desenvolvimento da verdadeira música alemã. Sua conclusão – isto é, a de que os judeus deviam desaparecer, ou pela emigração ou pela assimilação completa da cultura alemã – não está longe da conclusão a que chegaram os primeiros sionistas. Eles viram o problema dos judeus na Europa não somente como um conflito social ou religioso, mas também político, e se dedicaram a encontrar uma solução política para o problema. Ir além do processo de pensamento dialético entre os antissemitas e os sionistas leva até a criação do Estado de Israel.

Os judeus, agora finalmente em sua pátria, Israel, devem aceitar a integração da minoria palestina mesmo que isso signifique modificar a natureza de seu país; não é apenas o fato de que não há nenhuma alternativa ou varinha mágica que faça os palestinos desaparecerem, mas a sua integração é uma condição indispensável – nos planos moral, social e político – para a sobrevivência de Israel. Quanto mais tempo o descontentamento palestino permanecer não resolvido, mais difícil será encontrar a tão necessária terra comum. Claramente, o descontentamento, a infelicidade e a sensação de injustiça têm, a longo prazo, o efeito de radicalizar suas exigências e enfraquecer sua confiança nos benefícios que Israel lhes oferece em termos de educação, saúde pública e outros benefícios sociais. Vimos muitas vezes, na história moderna de Israel, que as oportunidades perdidas dos dois lados tiveram resultados extremamente negativos para ambos. Sabemos, através do conhecimento musical, que não só a velocidade, mas também a determinação do tempo de um evento alteram — e às vezes até determinam — sua direção e seu conteúdo. Uma modulação inesperada, por exemplo, não conseguiria introduzir o elemento surpresa desejado se aparecesse muito cedo numa composição musical; para ajustar-se totalmente à composição, portanto, ela deve chegar no momento exato em que é necessária para o desenvolvimento da peça. Com o passar do tempo, o endurecimento da posição palestina quanto às questões culturais, sociais e políticas tornou suas exigências mais difíceis de serem aceitas por Israel. Por exemplo, o que teria sido um ato de generosidade, em 1967, logo depois da Guerra dos Seis Dias — ou seja, o regresso dos territórios ocupados, cuja necessidade é reconhecida internacionalmente —, seria inevitavelmente interpretado como uma demonstração de fraqueza da parte de Israel. O fato de que todo o mundo árabe nunca esteve disposto a negociar a partir de uma posição de fraqueza deve ter inspirado Israel a desenvolver propostas criativas em vez de endurecer sua atitude inflexível. Acredito, contudo, que Israel ainda não teve a capacidade de entender racionalmente sua própria força ou fraqueza no conflito e, consequentemente, oscila de um extremo a outro. O resultado de ter sido perseguida e vitimada, em todos os momentos da história, pode ser um fator que dificulta a avaliação objetiva de sua força como Estado.

A atitude de Israel com relação aos palestinos que vivem no país tem, muitas vezes, favorecido o desaparecimento da identidade e das raízes culturais palestinas. Nas antigas cidades árabes, por exemplo, nas quais muitos deles ainda vivem, as ruas que receberam os nomes de personalidades árabes, algumas delas pré-históricas, têm sido renomeadas com números ou com nomes de generais israelenses que lutaram na Guerra da Independência. Essa modificação aparentemente pequena, mas simbolicamente significante — na melhor das hipóteses, uma negligência que reflete a falta de sensibilidade por parte de Israel, e, na pior, uma total ausência de estratégia para resolver o problema dos árabes no país —, é um exemplo da negação por parte de Israel ao simples fato de que uma porcentagem da população da região sempre foi de não judeus. Durante a Primeira Guerra Mundial, a população de judeus representou apenas quinze por cento da população total da Palestina. Frequentemente, no decorrer de sua curta história em busca de uma identidade e de uma relação com o mundo, Israel olhou principalmente para o passado recente e para suas raízes judaicas europeias, mais especificamente da Europa Central e da Europa Oriental. Teria sido muito mais sensato se todos os países da região aceitassem a existência uns dos outros, enfatizando as semelhanças entre dois povos semitas em vez das diferenças. Os séculos de coexistência pacífica entre judeus e muçulmanos na Andaluzia devem ser vistos não só como um exemplo do passado distante da possibilidade de convivência entre esses dois povos, mas também como prova de sua capacidade de reforçar positivamente uns aos outros. Maimônides não só falava e escrevia muito bem árabe como também hebraico, mas pertencia a uma sociedade que incluía a identidade e a cultura tanto de uma como da outra. Seria útil observar o modo como foi grande o impacto dessa múltipla identidade em sua filosofia; não é difícil imaginar, entretanto, que o *Guide for the perplexed* [Guia dos perplexos] teria sido diferente se ele tivesse vivido numa comunidade menos diversificada.

A desagradável situação dos palestinos em Israel é, de certo modo, ainda mais devastadora que a dos marranos durante a Inquisição Espanhola; estes eram forçados a converter-se ao cristianismo e tratados como cidadãos de segunda classe, mas, em segredo, continuavam com a prática do judaísmo, mantendo sua identidade e seu lugar dentro da história. Os israelo-palestinos, por outro lado, foram educados num sistema que apagou do programa a contribuição cultural e a história de seu povo. Na falta de uma identidade sadia, fundada em seu próprio patrimônio cultural e histórico, um movimento religioso potencialmente perigoso começou a tomar forma – e diferente do Hamas – em territórios ocupados e foi, em certa altura, apoiado por Israel para enfraquecer Arafat e Fatah.

O Hamas foi criado em razão dos protestos que surgiram em torno de duas questões: a injustiça que o partido sentiu foi infligida aos palestinos com a criação de Israel; e a existência da corrupção secular palestina em seu próprio governo. O movimento religioso dos israelo-palestinos é diferente porque é resultado direto do enfraquecimento da identidade palestina dentro da sociedade israelense. É irrelevante se a responsabilidade por essa situação é exclusivamente israelense, exclusivamente palestina ou uma combinação de ambas; a verdade é que a religião oferece diretrizes claras, substituindo a atividade intelectual do questionamento que acompanha a análise lógica. Muitas pessoas ignoram o fato de que a população palestina de Israel é composta também por cristãos, para quem o novo movimento religioso islâmico não tem sentido; por isso, a divisão pode ficar ainda maior. O vazio cultural no qual os palestinos vivem desencadeia um ciclo vicioso que envolve ambos os lados: Israel usa-o para justificar seu tratamento de segunda classe aos palestinos, que, por seu lado, se sentem menosprezados por essa atitude e não têm nenhuma motivação para querer pertencer a um Estado que não os trata com igualdade.

Os palestinos sentem-se vitimados tanto por Israel como pelo resto do mundo árabe, que havia prometido libertar a Palestina dos judeus. Por sessenta anos, eles têm esperado pela criação de um Estado palestino. Embora os palestinos de Israel estejam divididos por essa questão – alguns deles não iriam embora se um Estado palestino fosse criado –, todos eles concordam que não podem viver na Israel atual. De um ponto de vista objetivo, essa situação é resultado da falta de pensamento estratégico israelense durante os últimos quarenta anos, o que agora coloca em perigo sua existência como um Estado judeu. Os palestinos consideram essa situação imoral. A identidade nacional de Israel pode ser descrita como um feto que, apesar de totalmente desenvolvido, ainda não nasceu e coloca em perigo sua própria vida e a de sua mãe.

Mesmo antes da criação de um Estado judeu e de todos os problemas de integração e aceitação que resultaram dela, houve um movimento entre os compositores judeus na Palestina, nos anos 1930 e 1940, para integrar a melodia, a harmonia e os ritmos do Oriente Médio em sua música. Esse movimento foi uma tentativa de criar uma música que exprimisse a sensibilidade do Oriente Médio – ou oriental, como era chamada então. Seus seguidores desenvolveram, de forma muito intuitiva, um gosto musical que reflete tanto características judaicas como árabes. Paul Ben-Haim, o líder do movimento, foi um compositor que instintivamente compreendeu uma verdade que os políticos atuais ainda não perceberam: que a identidade israelense deve incluir seu ambiente geográfico, do qual o elemento árabe é parte essencial. Nascido em Munique no ano de 1897, como Paul Frankenburger, ele estudou composição, regência e piano na *Munich Academy of the Arts* [Academia de Belas-Artes de Munique] de 1915 a 1920, não muito antes de o parente de Saleem também estudar ali.

Ele foi assistente de Bruno Walter e Hans Knappertsbusch na Ópera de Munique, e dirigiu a Ópera de Augsburg de 1924 a1931. Quando os nazistas subiram ao poder em 1933, contudo, ele emigrou para a Palestina, mudando seu nome para Ben-Haim. Foi então que ele começou a experimentar a introdução de elementos musicais do Oriente Médio em sua composição, embora já tivesse escrito um oratório baseado em temas bíblicos enquanto ainda estava na Alemanha. Tentando tirar o máximo do isolamento cultural a que ele e outros músicos foram submetidos durante a Segunda Guerra Mundial, Ben-Haim realizou uma extensa pesquisa sobre músicas folclóricas e ritmos do Oriente Médio, entrelaçando-os ao seu próprio estilo romântico antigo e conservador de composição. É possível que o isolamento devido à guerra tenha sido parcialmente responsável pela necessidade, entre compositores judeus na Palestina, de buscar uma nova identidade, que não foi apenas influenciada pela cultura local, mas também enriquecida por ela, uma posição que está visivelmente ausente das discussões políticas atuais no Oriente Médio. Essa conclusão atingida intuitivamente demonstra que a música pode ser muito mais que somente um elemento ornamental prazeroso da cultura; nesse caso estava muito além dos desenvolvimentos históricos e políticos na sociedade. Ao que parece, o mundo do som é capaz de tirar o indivíduo de uma preocupação limitada com sua própria existência e levá-lo a uma percepção universal de seu lugar entre os seres humanos.

De muitos partidos políticos existentes no momento, o Partido Comunista foi o único que aceitou a divisão da Palestina, concordando, por isso, com a existência de Israel. Foi, também, o único partido que englobou árabes e judeus. A extinta União Soviética, não surpreendentemente, foi o primeiro país a reconhecer o Estado de Israel, em parte por causa dos interesses estratégicos de Stalin e também em razão de uma afinidade entre a nação russa e o movimento socialista de Israel. O *kibbutz*, que não permite nenhuma propriedade privada, e o *moshav*, que é baseado na propriedade coletiva, foram exemplos do que seria a realização do sonho socialista para os russos. Stalin entendeu muito rapidamente que tinha julgado mal a direção política que Israel tomaria, e foi somente depois de sua morte que a União Soviética se tornou uma participante ativa no mundo do Oriente Médio. Depois da Guerra de Suez em 1956, foi Gamal Abdel Nasser quem obteve o suporte político e econômico soviético para o Egito, permitindo, por meio disso, que as potências da Guerra Fria participassem ativamente na política do Oriente Médio.

Em 1970, a União Soviética abriu suas portas para permitir a imigração judaica a Israel pela primeira vez depois da Segunda Guerra Mundial. Esses imigrantes cobriram Israel com uma nova energia nos domínios da cultura, medicina e tecnologia daquele país. Foi nesse período que uma modificação geral se realizou dentro da Filarmônica de Israel, cujos fundadores em sua maioria eram oriundos da Europa Central. Eles foram substituídos, na maior parte, pelos novos imigrantes russos que inevitavelmente modificaram o estilo da orquestra. Esse foi o único caso na história da música no qual uma orquestra modificou o seu estilo tão drasticamente. Os avanços em pesquisa médica e tecnologia eram muito bem documentados e foram de enorme valor para a sociedade israelense, mas essa nova injeção de vida não chegou sem trazer consigo seus perigos. Os imigrantes judeus soviéticos haviam vivido numa condição de isolamento político; o antissemitismo na União Soviética nunca chegou a desaparecer. A combinação desses dois elementos criou uma facção nacionalista de novos cidadãos israelenses que não tinham absolutamente nenhum interesse pelo problema palestino.

O parente libanês de Saleem chegou em 1982 com uma pilha de músicas em edições russas – apenas muito mais tarde, já na escola, Saleem descobriu que Haydn não era um compositor russo! Como o pai de Saleem, seu parente pianista também havia sido membro do Partido Comunista e conseguiu obter suas partituras através de conexões com Moscou. A influência cultural da União Soviética e do Partido Comunista estendeu-se além de Israel, chegando à Síria, Jordânia e ao Egito, fornecendo, ironicamente, uma base para a unidade cultural onde não havia nenhuma unidade política. Muitos músicos russos se apresentaram e ensinaram nesses países, e ainda o fazem; devido a isso, muitos dos membros da orquestra *West-Eastern Divan*, apesar de suas origens, vêm de escolas de música semelhantes.

O patrimônio cultural compartilhado pelos povos israelenses e árabes é extraordinário em sua diversidade e riqueza, e ainda é necessário buscar conscientemente as semelhanças entre eles para construir uma fundação que apoiará não um muro divisório, mas um fórum para a cooperação das duas populações. O paradoxo do conflito israelo-palestino consiste no fato de que ele não pode ser resolvido pela aplicação de axiomas internacionais, em razão de seu caráter local. Por outro lado, o conflito, assim como uma velha oliveira, desenvolveu tantos ramos e espalhou tantas sementes que, depois de algum tempo, voltaram a crescer como novos problemas que devem ser encarados tanto em nível local como global.

6. Finale

A música possui um poder que vai além das palavras. O poder de nos mover e o poder puro do som que literalmente ecoa em nós durante todo o tempo de sua existência. Essa influência que ela exerce sobre nós tem sido, muitas vezes, assunto de obras de artes literárias e visuais, mas raramente é discutida de um modo racional, físico. É difícil distinguir entre a substância da música e a percepção que o ouvinte tem dela. É provavelmente por essa razão que a música, desde os tempos de Homero, às vezes é retratada como um perigo potencial à saúde do intelecto e até da vontade; a música era capaz de tudo, desde induzir estados de alucinação dionisíaca até seduzir Ulisses e sua tripulação inteira a se afastar do término de sua viagem. Contudo, um ouvido educado desenvolve a capacidade de separar o conteúdo da música das sensações que se aprende a associar a ela.

A música é concebida e, então, realizada sempre do ponto de vista de um indivíduo. Assim, a subjetividade é uma parte integrante e inevitável da música, embora não seja a única. Ainda que não exista algo como uma execução musical objetiva, deve haver uma relação permanente entre subjetividade e objetividade ao executá-la, assim como acontece na vida. Na música, mesmo a liberdade de velocidade, o *tempo rubato*, não pode ser expressa deliberadamente, pois deve estar em contato com uma básica e firme pulsação do metrônomo (em outras palavras, *tempo non rubato*); é precisamente essa conexão constante entre elementos flexíveis e inflexíveis que dá à execução da música a riqueza de ser simultaneamente subjetiva e objetiva. Com essa noção, somos, mais uma vez, confrontados com o que eu chamaria de responsabilidade moral do ouvido.

Por se expressar apenas através do som e acontecer num tempo preciso, a música é, por sua própria natureza, efêmera. O que é essencial em sua execução e difícil na vida prática é a capacidade de começar do nada a cada vez. Toda vez que um trabalho é realizado novamente, deve-se fazê-lo com o frescor de um primeiro encontro e a intensidade do último. É muito difícil ter coragem e força para começar do nada, levando em conta a experiência adquirida no passado e começando de novo, de modo diferente. Assim como é igualmente difícil conceder a uma nova experiência um caráter de facilidade, qualidade natural de uma situação já conhecida.

Não conheço nenhum outro tipo de artista que volte sua atenção em direção ao passado tão intensamente, e tantas vezes, como os músicos clássicos. Ao perceber que a música do passado é eterna, universal e uma fonte ilimitada de inspiração, alguns músicos acreditam que, limitando-se a uma seleção reduzida de trabalhos dos séculos passados, sua compreensão alcançará maior profundidade. Acredito, ao contrário, que exista uma necessidade de atualizar-se e permanecer sempre em contato com a música contemporânea, para que seja possível manter a curiosidade acerca dela constantemente viva. O conhecimento e a interpretação da música contemporânea aumentam a compreensão a respeito das obras-primas do passado. Eu não somente gostei de reger trabalhos de Pierre Boulez e Elliott Carter como também aprendi, com essa experiência, muitos aspectos importantes a respeito de fazer música que comprovaram ser muito esclarecedores e úteis quando volto a Beethoven e a Wagner.

A exploração da música moderna é diferente daquela do passado, especialmente porque é necessário maior esforço para desvendá-la e então desenvolver preferências individuais e gostos, como se têm em relação à música do passado. Se essa exploração for feita sem que exista um sentido de dever à música contemporânea, não pode haver nenhuma alegria nem escolha crítica na procura de trabalhos que mereçam ser executados juntamente com as grandes músicas do passado. A importância de uma peça moderna pode se tornar mais evidente se esta for justaposta num mesmo concerto com, por exemplo, uma sinfonia de Beethoven. Meu único critério no que diz respeito à nova música – ou, de fato, a qualquer música – é que, no momento de sua execução, e enquanto ela durar, a composição deve ser o foco do meu interesse e de minha atenção, eclipsando todas as outras obras.

As gravações, por preservarem artificialmente o efêmero, têm demonstrado a inutilidade de reciclar nossas ideias musicais, simplesmente reproduzindo uma percepção que nos ocorreu em algum momento no passado e continua nos servindo como um veículo imutável e prático para a execução de determinado trabalho. Elas são um meio ainda melhor do que o ser humano para reproduzir a interpretação que resultou de uma compreensão espontânea; mas é dever do homem encontrar novas e prementes verdades num trabalho se irá estudá-lo e executá-lo mais de uma vez. A música perde o seu poder quando o intérprete não tem curiosidade e humildade diante dela.

É fundamental distinguir – entre a natureza da música, de um lado, e as associações que ela evoca, do outro – mais um exemplo do finito que precede o infinito. A natureza de um grande trabalho envolve tanto da natureza e da experiência humanas quanto o intelecto e o talento de seu criador permitem. Os movimentos ou os modos de pensar que se associam a tal trabalho estão inteiramente separados do processo criativo e nunca deveriam ser confundidos com o espírito no qual o trabalho foi concebido. Na história da política alemã, Beethoven foi muito utilizado e, pode-se também dizer, abusado por figuras como Bismarck, Hitler e pela antiga República

Democrática Alemã. Pode-se, inclusive, considerar a ironia da *Nona Sinfonia*, de Beethoven, que era tocada no período nazista: "*O Alle Menschen werden Brüder*" ["Todos os homens se tornarão irmãos"]. Em outras palavras, os nazistas se apropriaram das criações de Beethoven, redefinindo seu conceito de fraternidade para ajustar ao seu próprio, que, naturalmente, não incluía toda a humanidade.

A distinção entre a música e as associações que ela evoca pode ser descrita de forma mais generalizada como a diferença entre substância e percepção. Muito frequentemente, hoje em dia, tentamos alterar a substância para adaptá-la à nossa percepção. Ao tocarmos uma peça musical, devemos livrar a sua essência de todo significado desconhecido que tenha permanecido ligado a ela, que possa ser acrescentado por nós, pessoalmente, ou ter sido resultado da influência de outros. Um exemplo disso é a ideia, obviamente errônea, de que a tuberculose de Chopin teve uma influência perceptível em sua música, o que demandaria uma execução anêmica, sem brilho; um outro exemplo é a tendência popular de discutir a música de Mahler não em termos musicais, mas num contexto psicanalítico que explicaria as suas neuroses segundo as teorias de Sigmund Freud. Apesar dos benefícios que se podem conseguir com a familiaridade acerca da vida de um compositor – que pode nos indicar a respeito da sociedade na qual ele viveu e o lugar que ocupava nela –, não faz sentido algum usar sua música simplesmente para retratar aspectos de sua biografia.

Não importa quão objetivo um indivíduo tente ser, existe inevitavelmente um elemento de subjetividade envolvido; os limites entre conteúdo e percepção não são facilmente identificáveis, embora sejam sempre definidos pela partitura. Como já citado anteriormente, a utilização e mesmo o abuso das ideias e da música de Wagner foram uma parte integrante dos últimos anos do Terceiro Reich – na verdade, de todo o período do Terceiro Reich. Esse regime agia com maestria no que diz respeito a controlar e a manipular a percepção. Os nazistas se apropriaram do discurso antissemítico de Wagner, transformando-o no profeta de sua ideologia. Não é apenas compreensível, portanto, mas absolutamente lógico que alguém que tenha sido submetido a essa manipulação, mesmo no presente, sofra por fazer essas associações – e, por isso, seja incapaz de ouvir sua música.

    A música não é moral nem imoral. É a nossa reação a ela que cria esses conceitos em nossa mente. A sociedade atual atribui um significado negativo à palavra "controvérsia". Mas a diferença de opinião e as divergências entre o conteúdo e a percepção que temos dele são a base de toda a criatividade. Não existe nenhuma razão realmente lógica para forçar aqueles que sofrem com a associação entre a música de Wagner e a ideologia nazista a ouvi-la. Em Israel, o consenso geral é que se mostra mais sensibilidade e respeito aos sobreviventes do Holocausto ao se proibir a execução da música de Wagner. Na verdade, não há nenhuma justificativa para privar as pessoas que afortunadamente não sofrem dessas terríveis associações da possibilidade de ouvir a sua música. Por isso, a recusa em deixar que a música de Wagner seja ouvida atualmente representa uma total aceitação das associações criadas pelos nazistas. De fato, ela foi executada no segundo concerto da Orquestra Filarmônica da Palestina – que hoje é a Orquestra Filarmônica de Israel – em Tel Aviv, em 1936, quando o antissemitismo de Wagner já era bem conhecido.

    Não é minha intenção – nunca foi e nunca será – impor essa música ou qualquer outra a alguém, e certamente não questiono as horríveis associações que os sobreviventes do Holocausto fazem com peças específicas de Wagner. Só posso ter esperanças de que o tempo finalmente ajude a libertá-los dessas relações negativas para que, enfim, possam ouvi-la como realmente é, e não como foi usada para representar. Não tenho o direito de dizer àqueles que sofreram esse trauma o que devem pensar sobre Wagner, mas acredito que seja importante mostrar aos que desejam ouvir esse compositor que a música em si não é um agente de sofrimento. Nesse meio-tempo, entretanto, é igualmente importante não impor associações negativas, ainda que indiretamente, àqueles que felizmente não as têm. Numa sociedade democrática, a decisão de permitir ou proibir a execução de determinada música deve ser individual, e não ditada pela lei, ou, ainda pior, ser resultado de um tabu. A lei ao menos resulta de indagações racionais, ao passo que um tabu é resultado do senso comum, de um sentimento subconsciente cuja origem é, muitas vezes, a ignorância ou o medo. É um privilégio do indivíduo decidir entre compreender a *Siegfried's funeral march* [Marcha fúnebre de Siegfried] como uma expressão de nobreza ou como uma lembrança das associações que Hitler desejou que essa obra tivesse.

Voltando à diferença entre conteúdo e percepção, não podemos evitar a influência do conteúdo – da música de Wagner, por exemplo –, mas está em nossas mãos a decisão de não nos deixar influenciar ou mesmo ser dominados pela percepção das associações que fazemos. De acordo com Kant, "se não fosse a distinção entre a realidade e as aparências, seríamos todos seguidores de Spinoza". Assim como Ulisses, somos escravos das associações criadas quando escutamos uma música, até que tenhamos a compreensão de sua substância. Como é sabido, embora a música possa ter significados diferentes para pessoas diferentes e até, muitas vezes, para a mesma pessoa em momentos distintos – poético, matemático, sensual ou filosófico –, não podemos esquecer que ela só se expressa pelo som e que abrange diversas dessas áreas ao mesmo tempo, indo também além delas.

O início de um processo político, da mesma forma que o início de uma frase musical, coloca em movimento algo que se esforça por ter vida e velocidade próprias. O povo judeu, vivendo como minorias espalhadas por todo o mundo, aspirava à condição de nação e, por fim, o Estado de Israel foi criado em 1948. O nascimento de Israel foi repleto de dificuldades e encontrou oposição da população não judaica na Palestina, mas perseverou com o poder de um motivo condutor e foi ajudado pela voz de apoio da consciência mundial.

No conflito israelo-palestino sempre houve, e ainda há, a incapacidade de admitir a interdependência das vozes implicadas, bem como a modificação inevitável trazida pelo tempo. A criação do Estado de Israel foi o resultado de uma ideia europeia-judaica que, se for levado em conta o seu motivo condutor (*leitmotiv*) no futuro, deve aceitar a identidade palestina como um motivo condutor igualmente válido. Os palestinos ouvem Israel tocando o seu motivo condutor na tonalidade incorreta e têm aspirações de determinar sua própria tonalidade. Mesmo o motivo condutor mais poderoso, entretanto, é dependente das modulações que ocorrem dentro dele. As mudanças demográficas que acontecem em Israel são impossíveis de se ignorar; os palestinos dentro e fora do país devem ser ouvidos, agora mais do que nunca.

Se fosse possível transcrever o diálogo israelo-palestino numa grande obra musical, ele adquiriria a posição e a distância necessárias para ser compreendido, apreciado e objetivamente sentido por ambos os lados. Numa peça musical, o fato de duas ou mais vozes existirem simultaneamente dá a elas legitimidade, e, na música ocidental, não existe uma história unilateral; o diálogo contrapontístico sempre apresenta pelo menos duas narrativas ao mesmo tempo, permitindo que cada uma se apresente completamente, nunca falando sem uma contraparte para apoiar, contradizer e completar sua própria exposição. As narrativas israelenses e palestinas – com suas histórias constantemente reescritas e reavaliadas – encontram-se no mesmo estado de permanente interligação que existe entre o sujeito e o contrassujeito de uma fuga. Sem o contrassujeito, a fuga não existe. Não se pode dizer que o sujeito é mais importante do que o contrassujeito, uma vez que ele é uma realidade objetiva que não tem nenhum lugar lógico sem o outro.

Como acontece com o sujeito e o contrassujeito, é essencial que ambos os povos entendam não só sua própria história, mas também a experiência humana do outro. Numa fuga, o sujeito não tem o deleite (ou o infortúnio) de ouvir sua própria voz sozinho, repetidas vezes. Ele faz sua afirmação apenas uma vez e, quando se repete, compartilha essa etapa com o contrassujeito, que, a partir daí, é um companheiro constante e uma lembrança permanente de tudo o que o próprio sujeito não é. Sujeito e contrassujeito completam-se e dependem um do outro para existir no mundo do som. Se israelenses e palestinos pudessem ver o paralelo entre o seu próprio diálogo – ou a necessidade dele – e a estrutura da fuga, eles também entenderiam a urgência de coexistir.

Israel está perdendo a sua capacidade de recordar; tem apenas lembranças. Isso também seria impossível em qualquer forma musical. Quando, numa forma-sonata, um tema passa por todos os desenvolvimentos e suas possíveis modulações e faz sua reentrada na recapitulação, isso é o resultado da sua experiência inteira e não apenas de um evento único, por mais dramático ou importante que tenha sido. O Holocausto é, em termos históricos, um episódio. Como um episódio dessa magnitude abominável, obviamente ele deve ser reconhecido e estudado por toda a população mundial, inclusive pelos palestinos, pois isso impedirá que ele se repita em qualquer outro momento ou lugar no mundo. Edward Said entendeu perfeitamente esse fato e lutou contra a estupidez e a crueldade daqueles que negavam o Holocausto. Negar sua existência ou depreciar a sua importância não é apenas estúpido – porque abre as portas a uma repetição da catástrofe – e cruel – à memória daqueles que pereceram e à coragem daqueles que sobreviveram –, mas também é imoral.

Dizer "nunca mais" é tanto subjetiva como objetivamente fundamental; contudo, essas palavras devem ser submetidas a uma reflexão constante. Se forem ditas sem essa conscientização, podem se tornar apenas um reflexo condicionado, e, embora destinadas a ser uma homenagem àqueles que sofreram e pereceram, também podem adquirir características de um *slogan*. Essa conotação tanto diminui o impacto dessas palavras como faz que uma nova discussão se torne impossível, visto que, como todos sabem, uma frase de propaganda é, no mínimo, uma deformação da sua ideia original. Neste caso, a deformação da ideia pode facilmente levar a uma excessiva confiança em elementos militaristas da sociedade, o que, por sua vez, assegura que o futuro será dominado pelo medo assim como o passado.

No período posterior à fundação de Israel como Estado, o Holocausto esteve presente raríssimas vezes nos discursos públicos; e no plano individual, o assunto foi compreensivelmente evitado pelos sobreviventes, por causa da dor que ele traz consigo, enquanto a nova geração preferiu dissociar-se a qualquer preço da imagem do judeu como vítima. Por isso, tanto aqueles que haviam vivido o Holocausto como aqueles que, afortunadamente, apenas ouviram a respeito dele consideravam pouco confortável qualquer discussão sobre o assunto. A maioria dos israelenses jovens nos anos 1950 estava preocupada em criar uma sociedade ideal na qual o sionismo andasse de mãos dadas com o socialismo (o *kibbutz* é um exemplo claro disso). Eles queriam viver de forma coletiva, existencial e justa. Mas eliminar o passado do pensamento diário teve um resultado infeliz, pois nem todos os aspectos diferentes que contribuíram para a criação do Estado foram levados em consideração. Ignorar o passado significou ignorar a existência de uma população não-judaica na Palestina.

A captura de Adolf Eichmann, na Argentina, em 1961, e o julgamento que se seguiu em Jerusalém não significaram simplesmente levar um criminoso à justiça – e que criminoso se tinha ali, uma vez que Eichmann foi um dos primeiros defensores e perpetradores da "solução final" –, mas também uma experiência educativa necessária para a nova geração em Israel, exatamente porque o Holocausto não havia sido um assunto de grande relevância por muitos anos. Era a primeira vez que os jovens de Israel se confrontavam com todo o horror do Holocausto. Ao mesmo tempo em que renovou a dor e o sofrimento dos sobreviventes, também lhes foi permitido abrir seus corações à nova geração. As imagens do julgamento de um dos piores criminosos da história, transmitidas ao vivo todos os dias pela televisão, ressuscitaram os mais atrozes e cínicos tipos de testemunhos individuais em defesa do acusado, que afirmou ter apenas "seguido ordens". A presença terrível e constante do processo tornou impossível continuar evitando o assunto. Se o mal pode ser definido como a ausência de pensamento, como Hannah Arendt escreveu em seu livro *Eichmann in Jerusalem: a report on the banality of evil* [*Eichmann em Jerusalém: um relato sobre a banalidade do mal**], então o esquecimento é um "parente" muito próximo dele; essa também foi uma lição importante para o povo de Israel. O pensamento e a moralidade caminham de mãos dadas e certamente não pode haver nenhuma moralidade sem o pensamento.

O senso de moralidade, sem dúvida, pertence ao valor histórico do povo judeu, que graças a ele conseguiu sobreviver às formas mais devastadoras de antissemitismo. Israel está contradizendo seus valores ao manter a ocupação e ao criar novos assentamentos em territórios que não lhe pertencem. A preocupação com padrões morais sempre foi a raiz do pensamento judaico durante toda a história; a justiça, antes mesmo do que o amor (como acontece no cristianismo), sempre esteve no centro do pensamento religioso judaico. Contudo, o comportamento de Israel, desde 1967, permitiu que os palestinos se sentissem moralmente mais fortes.

O horror da selvageria do Holocausto é até maior do que o sofrimento que ele trouxe ao povo judeu – essa tragédia pertence à humanidade toda. Quando nós, judeus, dizemos "nunca mais", muitas vezes nos referimos à necessidade de não se permitir que o mesmo crime seja repetido contra o nosso povo, ao passo que para o resto do mundo essa expressão significa que esse crime não deve ser repetido jamais, em qualquer tempo e lugar, contra qualquer povo. Estou convencido de que a capacidade de entender isso é a única maneira de dar a Israel a clareza de pensamento e a capacidade emocional necessárias para o diálogo com os palestinos. Se é verdade que os palestinos não serão capazes de aceitar Israel sem aceitar a sua história – incluindo o Holocausto –, é igualmente verdadeiro que Israel não será capaz de aceitar os palestinos como iguais enquanto o Holocausto for o seu *único* padrão moral.

---

* Hannah Arendt, *Eichmann em Jerusalém: um relato sobre a banalidade do mal*, São Paulo, Companhia das Letras, 2000. (N.T.)

Se Israel quiser manter um lugar permanente no Oriente Médio, deve tornar-se uma parte orgânica dele, sendo consciente da cultura local já existente e não fingindo, como tem feito ao longo do tempo, que a Palestina é apenas um deserto totalmente desprovido de cultura. Para assegurar o futuro de Israel, é necessário que os israelenses se abram para a cultura árabe. Isso não quer dizer que Israel deva negar suas raízes europeias, mas que essa mesma herança pode ser enriquecida e realçada se for colocada lado a lado com a do Oriente Médio. Se o país permanecer fechado à influência intelectual e cultural de seus vizinhos, permanecerá um corpo estranho no Oriente Médio, e isso trará consequências desastrosas para a longevidade do Estado; um corpo estranho somente pode existir na sociedade, na música ou no ser humano por um certo limite de tempo. Essa é uma questão muito diferente da assimilação que os judeus tiveram de enfrentar na Europa para sobreviver ou tornar-se cidadãos completos; o fato de ser um Estado deve estimular Israel a incluir em sua visão outros elementos além daqueles que foram essenciais para a sua criação.

A ideia original da renovação de acordos judaicos na Palestina foi frustrada por facções que acreditam que o controle exercido pela força – e não o que Martin Buber chamou de "o comando do espírito" – governa o destino social e político da humanidade. Essa celebração de força tem conduzido a uma insensibilidade e a uma incompreensão sobre o fato de que o comando do espírito só pode significar que essa é uma terra para dois povos com histórias opostas, mas com direitos iguais. Como Buber afirmou: "não é possível haver nenhuma paz entre judeus e árabes que seja somente uma pausa da guerra; só é possível haver paz com cooperação genuína"[1]. Em outras palavras, a paz necessita de diálogo, que consiste de uma fala sensível e de ouvir, muitas vezes, mesmo que seja doloroso.

---

[1] Paul Mendes-Flohr (Ed.). *A land of two peoples: Martin Buber on Jews and Arabs* [Uma terra para dois povos: Martin Buber sobre judeus e árabes], Chicago, University of Chicago Press, 2005.

No curso da história, a liderança – e isso é provavelmente inerente à natureza humana – tem sido baseada no efeito que ela pode ter diante da fraqueza do povo, e não em razão de sua força; ela se ateve à conformidade do indivíduo ao coletivo, e não ao poder a ser conseguido da contribuição individual de cada membro da sociedade. A antiquíssima tradição do individualismo judaico, que foi em parte responsável por estabelecer o Estado de Israel, foi ironicamente suprimida pela mesma mentalidade que procurou unir os seus cidadãos no bem comum. Durante a primeira metade do século XX, os imigrantes judeus chegaram à Palestina com uma visão que combinava o sionismo e o socialismo, preferindo trabalhar na terra pessoalmente em vez de explorar a população não judaica local. Embora essa fosse uma ideia nobre, em termos práticos, ela significava que a população de não judeus estaria desprovida de possibilidades de ganho financeiro.

Foi somente depois da Guerra dos Seis Dias, em 1967, que o aspecto socialista da sociedade israelense começou a ser corroído, não por um processo de pensamento consciente, mas pela repentina disponibilidade de trabalho palestino com baixo custo. Assim, o individualismo foi restabelecido tardiamente e por razões mais materialistas que idealistas. Durante esse período, Israel foi armazenando riquezas; o capitalismo foi, pela primeira vez, uma alternativa mais atraente que a dependência de recursos e da força de trabalho do coletivo, e todos os olhos se voltaram para os Estados Unidos. O capitalismo não pôde, contudo, substituir ou superar, em importância, os aspectos positivos do socialismo. O resultado final desse desenvolvimento de Israel é que ele caiu num vazio, reprovado tanto pelo socialismo como pelo capitalismo. Enquanto houve tanto poderes comunistas como capitalistas num mundo que vivia em conflito entre si, havia uma pesquisa permanente de um terceiro caminho a ser seguido e de um equilíbrio natural do poder. O mundo pareceu entender que nem o capitalismo nem o comunismo forneceram todas as respostas. O fim da Guerra Fria, contudo, trouxe instabilidade ao equilíbrio político global. Pela ausência de um "concorrente" à sua altura, os Estados Unidos tornaram-se a única superpotência.

Os últimos sessenta anos deixaram claro que os israelenses e os palestinos não são capazes de encontrar uma solução aceitável sozinhos, e, por isso, é necessária ajuda exterior. Essa ajuda não pode vir de um só país; contudo, nas últimas décadas, o auxílio maior veio dos Estados Unidos. Sempre acreditei que fosse um erro ou, no mínimo, um grande risco que Israel se apoiasse exclusivamente naquele país. Essa dependência modificou a natureza da sociedade israelense a tal ponto que sua herança europeia foi abandonada em favor de um, assim chamado, estilo de vida norte-americano. Tendo conseguido atingir o ápice de seus poderes, os Estados Unidos perderam gradualmente sua hegemonia mundial, como foi o caso de cada superpotência na história; nos próximos vinte ou trinta anos, Israel terá de procurar apoio em Pequim e em Nova Delhi, e não em Washington, e a ausência de comunidades judaicas nessas cidades não facilitará a tarefa.

Acredito que Israel também terá de investir muito mais energia em suas relações com países europeus, principalmente com a Alemanha. Desde o fim da Segunda Guerra Mundial, a Alemanha certamente fez tudo o que estava ao seu alcance para ajudar e para demonstrar grande sensibilidade com o povo judeu. No entanto, creio que a Alemanha seria ainda mais útil se estivesse atuando como mediadora no Oriente Médio, trabalhando construtivamente para uma solução viável tanto para os israelenses como para os palestinos. Uma intervenção dessa natureza é, no momento, impossível em razão do peso do Holocausto na psique alemã. Israel poderia encorajar a Alemanha a transcender este passado recente, a fim de fazer uma contribuição única para o futuro da região – o que seria, por sua vez, um grande presente aos palestinos também. Para mim, essa é uma reflexão lógica do princípio "nunca mais".

Numa certa linha de pensamento judaico, sempre houve uma tendência a aderir à universalidade da experiência humana. Grandes pensadores – Spinoza, Heinrich Heine, Martin Buber, Sigmund

Freud, entre outros – não fizeram nenhuma distinção entre judeus e não judeus. O extremo oposto dessa ampla maneira de pensar é exemplificado pelos partidos políticos religiosos em Israel, que definem os territórios ocupados não só como territórios "liberados", mas, ainda pior, como territórios "bíblicos liberados". Como eu disse em meu discurso na Universidade Hebraica em Jerusalém, em 1996,

> [...] a definição de judeu ortodoxo é indiscutível, contudo, a definição de judeu laico é mais complexa e, enquanto não pudermos fazê-la, até que sejamos capazes de explicar o que faz alguém ser e se sentir um judeu, não poderemos compreender a base de nossa existência, e também não estaremos aptos a conduzir um diálogo sequer entre nós mesmos, quanto mais entre nós e nossos vizinhos palestinos.

Enquanto permanece a incerteza de como, quando ou mesmo se o conflito será resolvido, fica claro para mim que isso nunca será realizado por uma mentalidade isolacionista ou militarista; a definição moderna de judaísmo e de Israel como um Estado judaico deve se tornar mais ampla, extrapolando a abordagem universal que teve início com os grandes pensadores judaicos do passado.

É essencial entender a diferença entre poder e força, que está relacionada à distinção entre volume e intensidade na música: quando dizem a um músico para tocar com maior intensidade, sua primeira reação é a de tocar mais alto. Na realidade, o que se quer é o contrário – quanto mais baixo o volume, maior a necessidade de intensidade; quanto maior o volume, menor a necessidade de intensidade. O efeito produzido pela grande efusão sonora em Beethoven ou Wagner é muito maior quando o som não é rigorosamente controlado passo a passo, mas ao contrário pode crescer organicamente seu poder natural e inerente sendo o resultado de uma força gradualmente acumulada. O crescimento e a liberação da tensão são fundamentais para a expressão musical. Assim, até o acorde mais poderoso deve ser tocado de modo que permita que as vozes interiores sejam ouvidas;

de outra forma, ele necessita da tensão e depende exclusivamente da força brutal, agressiva. É preciso ser capaz de ouvir a oposição, de sentir as notas que se opõem à ideia principal.

Em outras palavras, os conceitos de contraponto e transparência estão onipresentes na música. Se uma interpretação não for auditivamente clara, só uma parte da música será ouvida, mas não sua totalidade. Num conjunto perfeitamente harmônico nas óperas de Mozart, cada voz está dizendo algo completamente diferente, e ao mesmo tempo. Apesar dos textos serem diferentes, entretanto, existe um sentido definido de organização, às vezes com a voz principal e as secundárias, às vezes com combinações de um número de vozes principais e algumas secundárias. Um conjunto de óperas de Mozart nunca é apresentado exclusivamente como uma unidade simples composta do número de vozes que estão contidas nele. Ele explora todas as combinações possíveis inerentes ao número de vozes[2]. A música seria totalmente desinteressante sem a percepção desses elementos distintos. Mesmo num momento no qual eles estão todos em unidade, quando tudo vem em conjunto num acorde único, deve-se ser capaz de ouvir todas as vozes diferentes.

Os instrumentos mais poderosos, como as trompas e os trombones, devem ser capazes de tocar dentro da orquestra, e não fora dela. Eles devem tocar de modo que exista um total controle de poder, que permita que outros instrumentos, menos intensos, sejam ouvidos ao mesmo tempo. Se for permitido que eles dominem os instrumentos menos intensos, o conteúdo da música não será devidamente compreendido e o som não será potente, apenas forçado. Por essa razão, tocar numa orquestra exige uma consciência constante de todas as outras vozes, exprimindo a si próprio ao mesmo tempo em que se escuta o outro. Até o tempo de Mahler, os com-

---

[2] Um quinteto, por exemplo, pode consistir numa unidade composta de cinco vozes, 2+3; 4+1; 2+1+1+1; 2+2+1; ou 3+1+1. Em cada caso, os papéis podem ser trocados durante o curso da peça; as duas vozes que cantam em conjunto podem começar a cantar partes diferentes e a sua unidade pode ser substituída por duas outras vozes.

Wolfgang Amadeus Mozart, *Don Giovanni*, Ato I, Cena XII, barras 70-88

positores marcavam modificações dinâmicas verticalmente na partitura; em outras palavras, o *crescendo* é indicado expressamente num ponto e se refere a todos os instrumentos da orquestra. Nesses casos, o regente e os músicos são livres para realizar a instrução vertical de maneira audível e no sentido horizontal, permitindo assim que os instrumentos menos intensos iniciem um *crescendo* mais cedo do que o contrabaixo ou o tímpano, ou, no caso do *diminuendo*, o contrário. É possível silenciar uma trompa ou um trombone, mas é impossível amplificar o som da flauta.

A ideia de música, como vemos, pode ser um modelo da sociedade; ela nos ensina a importância da ligação entre transparência, poder e força. Mas se a música é tão humana, se ela abrange tudo, como é possível que monstros como Adolf Hitler tivessem tal amor por ela? Como podemos explicar o fato de que Hitler foi capaz de enviar milhões de pessoas às câmaras de gás e, ao mesmo tempo, era levado às lágrimas ao escutar uma música? Como Wagner foi capaz de escrever músicas tão nobres, mas também de criar um desprezível panfleto antissemítico, "Das Judentum in der Musik"? Estou convicto de que não existe uma elaboração intelectual suficiente sobre a música, apenas reações viscerais que ocorrem quase num nível animal. Spinoza acreditava que a razão era a graça salvadora do ser humano; devemos aprender a ver a música do mesmo modo como vemos a existência humana.

O fluxo inevitável na música significa movimento constante – desenvolvimento, modificação ou transformação. Nada permanece imóvel e, quando um item é repetido, ele é diferente devido à passagem do tempo. Entretanto, na vida, o ser humano não só tende a descartar o que não é prazeroso ou negativo assim que possível, mas também agarra-se fortemente ao que lhe dá prazer ou ao que é positivo. Mas nenhum desses desejos leva em consideração o fato de que o próprio ser humano está constantemente sujeito à mudança e à velocidade em que ela acontece.

O poder da música reside em sua capacidade de se comunicar com todos os aspectos do ser humano – o animal, o emocional, o intelectual e o espiritual. Com muita frequência, pensamos que as questões pessoais, sociais e políticas são independentes, sem influir umas nas outras. Pela música, aprendemos que essa é uma impossibilidade objetiva; simplesmente não existem elementos independentes. O pensamento lógico e as emoções intuitivas devem estar constantemente unidos. A música nos ensina, em resumo, que tudo está ligado.

Apêndices

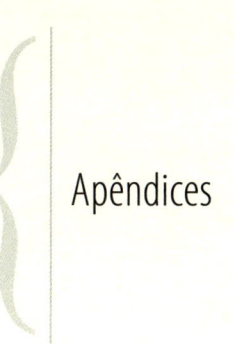

1. "Fui criado ouvindo Bach"[1]

Fui criado ouvindo Bach. Meu pai foi, praticamente, meu único professor, e ele atribuía grande importância ao fato de que a música para instrumentos de teclado, de Bach, fosse parte integrante de minha formação. Para ele, a obra do compositor era fundamental não somente por seus aspectos musicais e técnicos, mas também para a execução de qualquer música para piano; e a produção de música polifônica era, simplesmente, uma das questões mais importantes acerca de tudo o que se relacionava a tocar esse instrumento. O piano, sozinho, não pode seduzir pelo simples poder do som, como acontece com quem ouve o som encantador de, por exemplo, um violino ou um oboé. Por sua vez, ele é um instrumento neutro, e a arte de tocá-lo implica destreza manual. No piano, é possível criar a ilusão de um *legato*, embora, no sentido físico, isso seja impossível; por outro lado, pode-se criar a ilusão do som *sustenido* semelhante ao de um instrumento de cordas. A parte mais importante de sua execução é o elemento sinfônico. A música só pode ser interessante

---

[1] As impressões de Barenboim acerca desse assunto foram registradas por Axel Brüggemann e traduzidas para o inglês por Gery Bramall.

se os diferentes fios da textura polifônica forem tocados tão distintamente que possam ser ouvidos, todos eles, e criem um efeito tridimensional – assim como acontece na pintura, onde um objeto é colocado em primeiro plano e outro mais ao fundo, fazendo um parecer mais próximo ao observador do que o outro, embora a pintura seja plana e unidimensional. Em minha infância, eu toquei praticamente todos os prelúdios e fugas de *O cravo bem temperado* e muitas outras peças de Bach. Essa foi a base de minha formação. Aos doze anos me mudei para Paris para estudar harmonia e contraponto com Nadia Boulanger. Quando cheguei para minha primeira aula, *O cravo bem temperado* estava no suporte para partituras do piano. Ela folheou suas páginas para frente e para trás e, finalmente, o abriu no "Prelúdio em mi menor" do Livro I e me disse: "Certo, meu menino, agora toque-o para mim em lá menor". Ela mantinha uma régua de madeira em sua mão e a cada vez que os meus dedos tocavam uma nota incorreta ela batia neles com ela. Assim, *O cravo bem temperado* tornou-se, para mim, a base de tudo. Além disso, meu pai ensinou-me algo que só encontrei expresso em palavras quando me tornei adulto – num livro sobre Franz Liszt, em Weimar. O livro descreve como ele explicou a um aluno que o piano não deve ser tocado com duas mãos ou com duas unidades. Ou ele é tocado com uma unidade composta de duas mãos, ou com dez unidades, nas quais cada dedo é independente. Esse é um conselho muito importante. Fiquei realmente satisfeito por ler isso, pois reconheci, mais uma vez, o que o meu pai havia me ensinado sem colocar em palavras. Esse é o único modo de lidar com Bach. É fácil imaginar um noturno de Chopin com a melodia tocada pela mão direita e o acompanhamento pela esquerda, sem nenhuma polifonia. Mas os trabalhos para instrumentos de teclado de Bach definitivamente pedem dez dedos que sejam independentes uns dos outros. E se assim o forem, podem ser reconciliados para criar uma unidade.

Um elemento que, na música tonal, costuma ser negligenciado atualmente é a harmonia. A tensão harmônica tem um efeito crucial num trabalho e na maneira que este é executado. Dos três elementos – harmonia, ritmo e melodia – que influenciam de forma profunda a música tonal, a harmonia é possivelmente o mais importante, porque é o mais potente. É possível tocar o mesmo acorde com milhões de ritmos diferentes e lidar com todos eles sem necessidade de modificação. Uma melodia se torna desinteressante se ela não se move harmonicamente, o que implica que o impacto da harmonia é muito maior do que o do ritmo e o da melodia. E ele existe em todo trabalho tonal. Existem inúmeras distinções entre Bach, Wagner, Tchaikovsky e Debussy, mas eles têm algo em comum: a força do impacto da harmonia. Isso implica que um acorde exerce uma espécie de pressão vertical no movimento horizontal da música. Quando o acorde se desenvolve, o fluxo horizontal da música é modificado. Isso não depende de Bach ou Chopin ou de qualquer outro; em minha opinião, essa é uma lei da natureza. O estudo de instrumentos antigos e a prática de execuções históricas têm nos ensinado muito, mas o ponto principal, o impacto da harmonia, tem sido negligenciado. Isso é comprovado pelo fato de que o tempo é descrito como um fenômeno independente. Considera-se que uma das gavotas de Bach deva ser tocada de forma rápida e outra, de forma lenta. Mas o tempo não é independente! E o tempo em si não é ouvido! Só se ouve a substância da música. É essa mesma audibilidade concreta que informa todos os tipos de teoria musical. Posso desenvolver uma teoria que se aplique a qualquer frase de qualquer prelúdio ou fuga de Bach, mas toda teoria é inútil se não puder ser ouvida quando executada. Acredito que se preocupar apenas com a prática da execução histórica e com a tentativa de reproduzir o som na forma antiga de fazer música é restritivo, e não apresenta nenhuma indicação de progresso. Mendelssohn e Schumann tentaram introduzir Bach em sua própria época, exatamente como fizeram Liszt, com suas transcrições, e Busoni, com seus arranjos. Nos Estados Unidos, Leopold Stokowski também tentou fazê-lo com seus arranjos para orquestra. Esse sempre foi um esforço "progressista" para aproximar Bach de determinado período. Não tenho nenhum problema filosófico se alguém toca Bach e o faz soar como Boulez. Na verdade, o meu problema maior é com alguém que tenta imitar o som de uma outra época. Sabendo que nos tempos de Bach algumas apojaturas eram tocadas lentamente e que a ornamentação musical era rápida, copiar esse tipo de interpretação não é o bastante. Deve-se entender as razões para isso. É por isso que considero uma abordagem do passado puramente acadêmica muito perigosa, porque está ligada à ideologia e ao fundamentalismo, mesmo na música. Hoje, somos testemunhas do sofrimento e da violência que são produtos do fundamentalismo.

Nos trabalhos de Bach, existe uma poderosa ligação entre ritmo e harmonia. Há uma relação simbiótica entre esses dois elementos que é provavelmente única entre compositores. Talvez isso seja o que cada um poderia denominar como qualidade épica em Bach, assim como há uma qualidade dramática em Haydn, Mozart e Beethoven. Graças a essa qualidade épica, tudo na música de Bach alcança a unidade. Um excelente exemplo dessa afirmação é a fuga em dó sustenido do Livro I de *O cravo bem temperado*. Ela se parece com uma dança, com uma enorme vitalidade rítmica. Qualquer conhecimento adquirido quando se trata de harmonia é imensamente útil. Agora, quando pesquiso mais profundamente ou executo *O cravo bem temperado*, muitas vezes me lembro de outras experiências musicais – com Mozart, Wagner, Schoenberg e muitos outros – e observo que quanto maior o conhecimento geral da música mais interessante é a sua interpretação.

Por que Bülow comparou *O cravo bem temperado* com o Antigo Testamento? O que é o Antigo Testamento? Por um lado, ele é a narrativa de um povo e de suas experiências e, por outro, é uma compilação de pensamentos sobre a vida neste planeta, amor, ética, moral e qualidades humanas. As considerações sobre a experiência do passado fornecem uma afirmação sobre o presente e também uma lição para o futuro, mostrando ao povo questionador onde e como ele pode encontrar seu próprio caminho. Isso é o que o Antigo Testamento significa para mim, como acontece com todas as outras obras-primas, inclusive *O cravo bem temperado*. Esse trabalho retrata tudo o que o precedeu na música e fala sobre a música no tempo de Bach. Mas também nos mostra a direção que a música poderia tomar enquanto se desenvolve – o caminho que de fato ela percorreu. Por exemplo, o cromatismo no "Prelúdio" em dó sustenido menor do Livro I que traz *Tristão e Isolda* à lembrança. Ou na fuga em mi bemol, que parece ser uma sinfonia de Bruckner. Em outras palavras, *O cravo bem temperado* não é somente a soma de tudo o que o precedeu em termos musicais, mas também é o que aponta o caminho adiante. Na história da música europeia, há pouquíssimos compositores cujos trabalhos tenham essas qualidades. Essa é uma das principais razões da grandiosidade da música de Bach.

2. Sobre Mozart[1]

— *Maestro, já sonhou com Mozart alguma vez?*
— Não. Deveria?
— *Talvez. Afinal, o senhor se dedicou continuamente a ele, como pianista, como maestro. Deve ser uma relação muito intensa.*
— Muito intensa, de fato. Penso, porém, que nunca sonhei com nenhum compositor. Sonho, às vezes, com uma música, mas com um compositor como ser humano, como pessoa, não.
— *Sente eventualmente saudades de Mozart enquanto está envolvido com uma música totalmente diferente?*
— Não o diria desse modo, pois estaria contrapondo Mozart a outros compositores. Não seria justo em relação a ele ou aos outros. Mas fico contente e grato que Mozart tenha me acompanhado pela vida afora. Pessoalmente não preciso de um "ano de Mozart", pois para mim não existe um único ano sem Mozart. E se pudesse escolher com que compositor do passado eu gostaria de conviver por 24 horas seguidas, então naturalmente seria Mozart. Vinte e

---
[1] Entrevista de Daniel Barenboim concedida a Christine Lemke-Matwey.

quatro horas de Mozart é como uma semana inteira de vida. Vinte e quatro horas com Mozart é como um mês com Brahms – nada contra Brahms.

– *O senhor afirma isso também do ponto de vista musical? Mozart é mais rápido, tem a dizer mais com menos notas?*

– A senhora está fazendo novamente um juízo de valor! O que sempre me fascina na música de Mozart é essa mistura de profundidade e leveza. É isso que torna tão difícil tocá-lo, ou regê-lo, ou cantá-lo. Pois no momento em que me concentro neste ou naquele aspecto e digo a mim mesmo que é isso que quero que transpareça, nesse momento aquilo já passou. Já não está mais ali. Não existe outro compositor no qual cada contorno é determinado tão fortemente por seu oposto. Por isso, para mim, as óperas de Da Ponte são o máximo. Tome o *Don Giovanni*, um *dramma giocoso*. Isso quer dizer: quando a situação subjetiva é trágica, como, por exemplo, em relação a Donna Anna, a situação objetiva é cômica – e ao contrário. Mozart é o mais abrangente de todos os compositores. O aspecto alegre nele nunca aparece sem o sombrio, o sombrio nunca sem o alegre.

– *Isso soa como uma escola da vida.*

– Mas é uma escola da vida! E para mim isso vale até mesmo literalmente. Executei meu primeiro concerto de Mozart aos oito anos de idade. E somente no ano passado, imagine, descobri para mim os trios para piano. Peças incríveis! E sou da opinião de que se deveria tirar da música um aprendizado para a vida, e não só o contrário.

– *A criança prodígio Daniel Barenboim se solidariza com a criança prodígio Wolfgang Amadeus Mozart?*

– De certa maneira, sim. Veja, sei exatamente como é ser jovem demais para tudo. Certa vez, na Academia di Santa Cecilia de Roma, toquei a sonata *Opus 111* de Beethoven diante de um júri muito honorável...

– *... o opus summum da literatura pianística...*

– Tinha treze anos. Tempos depois, Arturo Benedetti Michelangeli, um grande pianista que participara do júri, puxou-me pela manga e disse que naquela ocasião eu recebera nove votos positivos e um negativo. O voto negativo fora dado por ele. Com a argumentação de que uma criança simplesmente não teria nada a ver com aquela música. Desse modo, confrontei-me permanentemente com o fato de que era preciso ter uma grande experiência de vida para ser um grande músico. E está correto. Certas coisas só se aprendem mais tarde, sensualidade, por exemplo, e, naturalmente, isso se reflete sobre a própria sensação de sonoridade. Mas também se pode aprender muito da música para a vida. Só que não o fazemos.

— *Mozart fazia isso? Afirma-se sempre que ele não precisou ou pôde desenvolver-se muito porque, afinal de contas, estava à frente de seu tempo.*

— Se pudermos aprender algo de Mozart hoje, então é o fato de que não se deve levar tudo tão a sério. Cada situação — não importa quão trágica ou terrível seja — possui também um lado leve. Aprendi isso com Mozart. Tudo é uma questão de proporção. Em relação a Wagner, fala-se de tempo e espaço. Em relação a Mozart, é preciso falar de conteúdo e velocidade. O que se apreende imediatamente na música de Mozart é que certas coisas necessitam de muito tempo, ao passo que outras são imediatas e não toleram demora.

— *Como Mozart sabia disso?*

— Não sei dizer, faz dias que não falo com ele (ri). Mas para explicar melhor: Wagner tem compreensão pelo ser humano que considera a si mesmo e aquilo que pensa como sendo absolutamente importante, afinal, Wagner dava grande importância a si mesmo. Mozart, ao contrário, afirma que nada na vida é moral, imoral ou amoral — a não ser que o ser humano faça de sua vida algo moral, imoral ou amoral.

— *Isso significa que a culpa toda recai sobre mim?*

— Não formularia isso de modo tão "moral". A responsabilidade é só minha, é isso que Mozart mostra para mim.

— *Pode-se odiar Mozart tal qual às vezes Wagner foi e é odiado?*

— Não, mas há pessoas que consideram Mozart supervalorizado. Mas isso é também uma questão do espírito do tempo. Issac Albeniz, um wagneriano apaixonado, escreveu ainda muito jovem numa carta como se entediara horrivelmente durante uma apresentação de *Così fan tutte* – sob a regência de Richard Strauss! Hoje, ninguém ousaria dizer algo assim. Talvez alguém o pense, mas não o diz em voz alta. Mozart pertence firmemente ao nosso cânon. Não se coloca mais em dúvida sua obra, o que, aliás, poderia ser um problema.

– *O senhor conhece peças de Mozart monótonas, insignificantes ou ruins?*

– Tudo isso é relativo. Comparado a outros compositores, seus próprios contemporâneos, por exemplo – não. Comparando com suas melhores peças, as óperas de Da Ponte, conforme disse, ou os concertos para piano – sim. É muito subjetivo, mas sinto um incomparável prazer físico nos dedos ao tocar o concerto da coroação, KV 587. Naturalmente, sei que esse concerto em seu movimento lento não possui a profundidade do concerto KV 595, por exemplo. Existem composições, no caso de Mozart, em que nem tudo está lá.

– *Há intérpretes de Mozart que o senhor admira?*

– Os pianistas Edwin Fischer e Clifford Curzon. E, sim, também Wilhelm Furtwängler, que ouvi aos onze anos, em Salzburgo, regendo o *Don Giovanni*. Embora no caso dele, justamente nas óperas, nem tudo fosse convincente. A sinfonia em sol menor sob a regência de Furtwängler, sim, ela para mim faz parte das maiores realizações.

– *Falta a Furtwängler, o trágico, algo como a assim chamada leveza? Os alemães têm dificuldade com relação a Mozart?*

– Talvez faltasse a Furtwängler um pouco de humor, sim. É paradoxal: os alemães aceitam o Mozart italiano tão pouco quanto os italianos querem reconhecer o Mozart alemão. E a música é sempre as duas coisas. Por exemplo, Bach – um alemão genuíno, sem dúvida Brahms, Weber, também Wagner. Schubert – um austríaco genuíno. O primeiro pan-europeu foi Mozart. Falava muitas línguas: alemão, italiano, francês. Compôs óperas em duas línguas, escrevia *lieder* em francês. Mozart e Liszt são os dois únicos verdadeiros europeus. Isso exerce e exerceu sobre mim, pessoalmente, um enorme fascínio.

— *Porque esse aspecto cosmopolita corresponde de certa maneira à sua própria biografia?*

— Sim, provavelmente. A vida com muitas identidades é algo que me parece muito familiar. O que não significa que tudo se torne próximo de modo igual. Na *Flauta Mágica*, por exemplo, para ficarmos com Mozart, falta-me a *italianità*. Por isso, tenho dificuldades até hoje com essa ópera.

— *Há em sua vida artística algo como uma experiência marcante envolvendo Mozart? Uma obra, um acontecimento com o qual ou a partir do qual o senhor tenha compreendido o fenômeno Mozart?*

— Minha estreia em Londres deu-se ao lado do maestro Josef Krips, eu tinha treze anos. No programa, o concerto em lá maior de Mozart. Durante um ensaio, Krips disse-me que se eu o tocasse daquela forma, soaria como Beethoven. Mas Beethoven não é Mozart. Pois Beethoven almeja o céu, e Mozart vem do céu. Agora isso parece um tanto patético — imagine: em inglês, com sotaque vienense! —, mas está certo. Mozart provoca certas associações, isso aconteceu comigo ainda criança. Pensa-se no humor, na morte, na vida, no sofrimento. Não se pensa tanto em repressões ou em qualquer coisa que seja autoritária. Contudo, quando a gente defronta com o *finale* do segundo ato do *Fígaro*, com o fascismo benevolente do barão, então esses aspectos subitamente se revelam.

— *Nas óperas de Mozart, diz-se, o texto mentiria frequentemente, enquanto a música sempre diz a verdade. É o que acontece?*

— Penso que sim. Por isso, para mim é difícil tolerar todas essas experimentações envolvendo a regência no *finale* do *Cosi fan tutte*. A música é simplesmente, obviamente, um brilhante dó maior. E os maestros quebram a cabeça para, a qualquer preço, reduzir a pedaços esse *finale*, existem filosofias inteiras a esse respeito.

— *Seja como for, a ópera trata de sentimentos verdadeiros e falsos, de fidelidade e traição. Fiordiligi, Dorabella, Guglielmo e Ferrando trocaram de parceiros; pode-se seguir adiante depois disso, como se nada tivesse acontecido?*

— É a pergunta errada. Há pouco, passei horas discutindo com Patrice Chéreau, o maestro, justamente a esse respeito. Talvez o motivo esteja no fato de Da Ponte ter escrito sozinho o *libretto* para essa obra, não pôde, como no *Fígaro*, basear-se em Beaumarchais. De qualquer modo, *Cosi* é definitivamente menos bem costurada. A peça como um todo, porém, não é uma história trágica que envolve relacionamentos que, no fim, revela sua verdade e a altura da queda. Mozart mostra apenas que sentimentos são frágeis. Eu amo você — mas amo também você. Algo assim é possível, ocorre na vida. E não tem nada a ver com o espírito de nosso tempo ou com a promiscuidade, nada mesmo. A obra torna-se menor se for atualizada.

— *Muitos de seus colegas maestros — Harnoncourt, Gardiner, Jacobs, Minkowski — encontraram o caminho para Mozart a partir da música barroca, a partir da prática histórica da encenação. E dessa maneira definiram a imagem atual de Mozart: Mozart, o retórico, o orador da sonoridade. Compreensivelmente, não conseguem sair disso. O senhor se sente um tanto só?*

— Para falar a verdade, para mim isso é totalmente indiferente. Tenho dois problemas com o assim chamado movimento sonoro original. Primeiro, incomoda-me o fato de que se trate de um movimento, portanto, de uma ideologia, uma visão de mundo que coloca menos perguntas do que deveria, dando a impressão de saber as respostas certas de antemão. Isso limita a criatividade humana. Não significa, porém, que entre os referidos colegas não haja muitos músicos incrivelmente talentosos, excepcionais. Esse movimento, de certa forma, isolou elementos da música, o som, o ritmo, como se as coisas fossem separadas umas das outras. Considero isso uma grande bobagem. Em segundo lugar — e digo isso agora sem qualquer ironia — essa ideologia conseguiu vender-se como progressista. Por isso faz tanto sucesso, esse foi seu grande triunfo. Pergunto-lhe: como pode algo ser progressista ao dizer: vamos olhar para trás, como era antigamente?

— *Para abrir nossos ouvidos, disciplinar e aumentar a percepção?*

— Claro que podemos aprender muito. Além disso, não se trata do fato de que todos os outros só regeram Mozart como Karajan, com quatorze primeiros violinos na Filarmônica de Berlim. Nos anos 1970, quando comecei a trabalhar com a *English Chamber Orchestra*, naturalmente nos orientamos na nova edição Bärenreiter, e eu tinha apenas seis primeiros violinos. Aliás, gosto de lembrar uma carta que Mozart escreveu de Mannheim ao pai: a grande alegria que lhe proporcionou estrear sua sinfonia em dó maior com vinte primeiros violinos, num pequeno salão, diga-se de passagem! E querem convencer-me de que a única coisa correta do ponto de vista estilístico é apresentar-se com quatro violinos na Filarmônica? É totalmente idiota.

— *Mas o exaurimento dos meios modernos não provocou também um aumento de peso, um adoçamento de Mozart, pelo menos para fazê-lo soar como Brahms? Os* tempi *lentos, o grande* vibrato...

— ... *Vibrato, vibrato*! De que adianta pregar a castidade das cordas de tripa quando os cantores vibram como sempre vibraram? Não, a questão é: como podemos empregar os meios de hoje de maneira responsável. Naturalmente nossos ouvidos também conhecem *A Sagração da Primavera* de Stravinsky; naturalmente Tchaikovsky nos acostumou a perceber, por exemplo, que a dinâmica ocorre em muitos e infindáveis matizes. Decididamente, isso não acontece em Mozart, ele desenha de maneira dinâmica em preto-e-branco. Quando uma frase inicia em *piano*, ela permanece mais ou menos em *piano*, mesmo que no meio apareça harmonicamente um imenso momento expressivo. A pergunta que devo me fazer como maestro é, portanto, a seguinte: qual é o motivo musical dessa dinâmica? E: como posso recriar essa frase sem levá-la, por um lado, à maneira de Tchaikovsky, a um alentado *forte* e, por outro lado, deixá-la esvanecer totalmente sem expressão? Entre esses dois polos, desenvolve-se a atual recepção de Mozart. Algo muito estreito, muito pequeno.

— *Talvez possamos concordar que hoje simplesmente queremos ouvir algo da articulação, da dinâmica, seja em relação a Mozart ou Tchaikovsky?*

— Não sei se isso é suficiente. Há pouco aconteceu comigo que um jovem membro da Filarmônica veio a mim e disse: mas não podemos mais tocar Beethoven dessa maneira! É essa a atitude a que me referi anteriormente. Nossa civilização de hoje é mais fraca, mais rala, porque não temos mais coragem de fazer nossas perguntas. Pensamos em respostas, e ainda pior: nas respostas dos outros. Os jovens não têm culpa, cresceram com isso. Eu estenderia isso até mesmo ao nosso atual conceito de democracia, a essa infeliz *political correctness* que domina a sociedade ocidental: as pessoas podem fazer tudo, apenas não têm coragem de pensar por si próprias. Nesse sentido, uma ditadura, não importa se de esquerda ou de direita, é muito mais produtiva, mais criativa. Sei o que é proibido, assim, apesar disso, tento descobrir como posso fazer o que quero.

— *Há algo que não se pode fazer em relação a Mozart?*

— Exagerar. E realçar. No caso de Beethoven, é possível que eu realce um ponto qualquer que é tão importante para mim que posso negligenciar outro ponto. Naturalmente, preciso sempre verificar o que acontece antes disso e o que acontece depois, apesar dos pesares. Mozart não conhece tais prioridades. Nesse sentido, sua música é de fato um exemplo decisivo para a vida democrática: nela tudo está integrado. Voz principal e voz secundária, ambas têm sempre algo a dizer. Nas sonatas para piano, por exemplo, não existe no meu entender uma única passagem na qual a mão direita toca a melodia e a esquerda só faz tum-ta-ta, nem uma só. Em Mozart, existe sempre um lado contrário. Um comentário, um "tu".

— *Isso parece reconfortante. Por que Mozart é hoje tão difícil para nós?*

— Porque nos falta a cultura. Isso se aplica a diretores, assim como a pianistas e maestros. Sabemos muito pouco sobre o que é importante para ele. E isso nada tem a ver com o saber enciclopédico. Edwin Fischer pronunciou um dia a bela frase de que Mozart é a pedra de toque do coração. É verdade.

— *Mozart, o distante, o difícil?*

— Ah, Mozart sempre foi mal compreendido. Veja, por exemplo, seu último concerto para piano, si maior, KV 595, estreado no ano de sua morte em Viena. Sabe quando essa peça foi executada depois disso? Em 1929, por Arthur Schnabel, novamente em Viena! Também quando se observa quais grandes compositores do século XIX se dedicaram a Mozart: Wagner não, Brahms também não. O único antes de Richard Strauss foi, de fato, Franz Liszt. O que significa: quem não nada com o espírito do tempo às vezes enxerga melhor.

— *Mozart, o provocador?*

— Sim, penso que ele nos provoca simplesmente porque é muito mais fácil identificar-se com a grandeza, a coragem de um Beethoven, ou com a sensualidade, a liberdade de um Wagner. Anarquia é sempre erótica, se assim o quiser, justamente porque se pode estar relativamente seguro de que seu compromisso com a arte pouco tem a ver com a própria vida. Mozart, porém, diz: grandeza, sim, sensualidade, sim – e o que mais? Mozart aponta para nós com o dedo indicador, para você e para mim. E ele possui uma compreensão muito mais profunda, muito mais abrangente da natureza humana do que podemos ter hoje. Isso o torna tão estranho para nós.

3. Ele tomou esta imensa liberdade
Por que Wilhelm Furtwängler nos impressiona até hoje[1]

Wilhelm Furtwängler sempre pareceu um estranho no mundo. Mantinha-se isolado, era um solitário, não cabia em nenhum compartimento pré-determinado. Furtwängler é o músico anticompartimentalização, o anti-ideólogo por excelência – e utilizo o verbo no presente de maneira muito séria, pois é nele que Furtwängler se mantém vivo para nós. Por um lado, como chefe da Filarmônica de Berlim, pertencia ao *establishment*; por outro, musicalmente, era tido desde o início como *outsider*. Contemporâneos como Toscanini e Bruno Walter, por exemplo – assim como Klemperer –, eram esteticamente muito mais fiéis a princípios. Parece-nos grotesco hoje, mas os emigrantes entre os maestros representam, do ponto de vista artístico, personalidades muito menos fragmentadas do que Furtwängler, que não abandonou a Alemanha nazista.

As fissuras de Furtwängler eram internas. Era um subjetivista que filosofava. E exatamente isso se reflete em seu trabalho: o filósofo

---

[1] Daniel Barenboim publicou primeiramente este artigo no jornal *Tagesspiegel*, 30 de novembro de 2004.

experimentava e o poeta regia a orquestra à noite. Um não podia existir sem o outro. Línguas ferinas afirmam que essa discrepância, essa ambiguidade, teria sido sua sina. Não acredito nisso. Furtwängler estava convencido de que tudo se relacionava com tudo: música como todo orgânico. Para Furtwängler, não havia fenômenos separados entre si. Como, pergunta-se, pôde ele então sobreviver espiritualmente, politicamente, ao Terceiro Reich?

Naturalmente, quando criança, eu sabia quem era Furtwängler. Ouvira-o em Buenos Aires regendo a *Paixão de São Mateus* e, ao ser apresentado a ele em Salzburgo no verão de 1954, isso representou algo especial. Vejamos: quando criança, eu adorava tocar piano, teria tocado para qualquer pessoa, mesmo para o garçom do hotel. Mas aquele homem possuía certamente uma grande aura. Penso hoje que Furtwängler deve ter sido uma pessoa muito insegura, muito vulnerável. E também muito alemã. Furtwängler necessitava de sua pátria musical. Talvez por isso jamais tenha aceitado o fim da tonalidade.

Afirma-se sempre que Furtwängler foi conservador. Não é verdade, principalmente para o jovem intérprete que regeu a *Sagração* de Stravinsky e, mais tarde, as *Variações* de Schönberg. Em seu íntimo, porém, Furtwängler acreditava que a música deve criar-se. Música é sonoridade, e sonoridade deve "tornar-se", não estar "ali". A partir desse raciocínio, sua música era sempre nova e nunca apenas uma questão de repertório. Furtwängler não ensaiava para revogar à noite no concerto aquilo que havia descoberto e elaborado no ensaio. Para Furtwängler, uma sinfonia de Beethoven era tão nova, tão viva quanto uma peça composta apenas no dia anterior.

Com todo esse alheamento do mundo, todo esse desejo de distanciar-se do tempo, Furtwängler estava totalmente aberto às inovações técnicas de sua época. Voava em precários aviões movidos a hélices até a América do Sul, caso de lá se acenasse para ele uma oferta lucrativa, e sua capacidade de trabalho no início dos anos 1920 do século passado poderia ser tranquilamente classificada hoje como *jet-setting*. Quando assumiu a direção da Orquestra Filarmônica de Berlim em

1922, atuava simultaneamente no *Gewandhaus* de Leipzig e em Viena. Os programas desses anos fazem chegar a apenas uma conclusão: o homem deve ter passado a vida em trens noturnos.

Furtwängler não era convencional. Com seu sucessor, Herbert von Karajan, por exemplo, os músicos sempre captavam rapidamente o que ele queria e a partir daí se entendiam. Furtwängler era imprevisível e obedecia, assim, a uma necessidade interior. Não tomava certas liberdades e espontaneidades musicais porque isso o agradava mais, mas porque as estruturas musicais assim o determinavam. Numa partitura, Furtwängler não calculava o "como", e sim o "onde". Dizia: neste ponto deve haver um realce e aqui não deve haver realce de modo algum. Sem essa estrutura, sem essa análise, jamais poderia ter sido tão livre quanto foi. Nesse sentido, Furtwängler foi muito mais do que o "mestre do instante", como sempre foi considerado. É isso que me impressiona nele: a enorme liberdade na responsabilidade diante da obra. Wilhelm Furtwängler não foi o Lord Byron do século xx – tentou, porém, integrar sua subjetividade no todo.

Wilhelm Furtwängler representou uma tendência que se preocupava principalmente com a substancialidade da música. Não posso explicar uma sinfonia de Beethoven com palavras. Se isso fosse possível, a sinfonia seria supérflua ou impossível. Mas esse fato não significa que a música não tenha conteúdo. Falta-nos hoje essa procura pelo conteúdo. Procuramos o momento brilhante ou a fria arquitetura ou a verdade histórica. Nós nos reduzimos.

Como compositor, Furtwängler foi o primeiro a conseguir escrever fantásticos crescendos. Se suas peças não tivessem sido criadas na primeira metade do século xx, e sim por volta de 1870, o mundo teria se surpreendido com obras-primas. Do ponto de vista artesanal, sua música é absolutamente perfeita. Esteticamente, porém, se percebem as costuras.

Como tive a sorte de começar cedo, travei contato pessoal com muitos músicos renomados. Parece-me às vezes que fui um dos últimos visitantes de um museu de arte pré-histórica antes de ser fechado para sempre. E pude também observar o seguinte: essas grandes personalidades encontraram através dos anos o seu tema, a ideia à qual se subordinaram. O violoncelista Pablo Casals, por exemplo, descobriu que os pequenos sons não podem ser suficientemente ouvidos. Assim, praticamente não se incomodou com mais nada. No fim, parecia uma caricatura de si mesmo. Isaac Stern, o violinista, celebrou a articulação com a mão direita – com o mesmo efeito. E Sergiu Celibidache construiu sua ideologia a partir das ideias relativas à sonoridade de Furtwängler. Se fôssemos maldosos, diríamos que ao final utilizou a música para comprovar suas próprias teorias a respeito dela. Algo assim não existe em Furtwängler. Para ele, permanece sempre o restante proverbial, o enigma.

Nós todos tomamos Furtwängler como referência: Claudio Abbado, assim como Zubin Mehta e eu também. O mito Furtwängler teve início, porém, apenas no fim dos anos 1960. As gravadoras não nutriam grande apreço por ele. Nós, jovens maestros, descobrimos gravações que eram tão perfeitas que as consideramos melhores do que a obra propriamente dita. A *Quarta Sinfonia* de Schumann é um bom exemplo disso, ou também o *Tristão* de Furtwängler com Kirsten Flagstad e Ludwig Suthaus. Mas pode-se tentar entender por que é como é – talvez para fazê-lo de maneira totalmente diferente. Pois não é necessário que soe como Furtwängler, deve ser como Furtwängler.

Muitos músicos fazem música como vivem. Furtwängler tentou viver como fazia música. Isso não é muito cômodo. É preciso querer e poder fazê-lo. Só então, porém, as coisas se ordenam de maneira diferente do que muitas vezes eles simplesmente o fazem hoje.

4. Sobre Boulez[1]

Como Pierre Boulez e eu começamos a fazer música juntos é uma história bastante longa. Em 1954, aos onze anos de idade, fui convidado pelo maestro Wilhelm Furtwängler para tocar com a Filarmônica de Berlim. Meu pai recusou o convite, dizendo a Furtwängler que aquela era a maior honra que poderia ser conferida a mim, porém, éramos uma família judaica que tinha imigrado a Israel há apenas um ano e meio, e ele acreditava que era muito cedo – apenas nove anos depois do fim da guerra – para que fôssemos à Alemanha, o que Furtwängler entendeu e aceitou com grande simplicidade e franqueza. O maestro escreveu uma carta que me abriu muitas portas na Europa e também na América nos anos 1950.

Nove anos depois, em 1963, finalmente decidi ir à Alemanha e me apresentei em meu primeiro concerto em Berlim com a orquestra de rádio do setor americano, a RIAS *Symphony Orchestra* [Orquestra Sinfônica RIAS], como era então conhecida. Depois do concerto, recebi a visita de Wolfgang Stresemann, gerente geral da Filarmônica

---
[1] Versão editada para o *Chicago Sunday Times*, datada de março de 2005.

de Berlim na época e filho, uma grande personalidade, do último ministro das relações exteriores da Alemanha antes de Hitler. Ele elogiou muito a minha execução do *Quinto concerto para piano* de Beethoven, disse que sabia que Furtwängler havia me convidado para tocar com a Filarmônica de Berlim e indagou se, agora que eu havia decidido ir à Alemanha, eu aceitaria tocar com a orquestra. Então, respondi que "sim, claro, eu ficaria muito feliz e honrado em aceitar sua proposta". Isso aconteceu quase no final da temporada de concertos – creio que foi em abril ou maio de 1963 –, e ele afirmou que todos os programas da temporada seguinte já estavam concluídos. Havia apenas um deles no qual o nome do solista ainda não havia sido anunciado, um concerto que incluía uma série de músicas do século XX. Um jovem compositor francês, que começara a conduzir há alguns anos, Pierre Boulez, iria reger o concerto e gostaria de executar o *Primeiro concerto para piano* de Bartók, na segunda metade do programa. Ao conversarmos, ele comentou que seria muito bom se eu quisesse interpretá-lo. Expliquei que não conhecia essa obra de Bartók, nunca a havia escutado, nem sequer havia visto a música. Perguntei-lhe, então, se teria realmente de ser aquela peça, ao que ele respondeu: "Se você quiser tocar nesta temporada, é preciso que seja este trabalho, porque é o único programa que sobrou – esta será a primeira temporada na nova sala de concerto, a Philharmonie, que acabou de ser construída, e todos os outros programas já serão executados por outros músicos".

Pedi a ele alguns dias para adquirir a música e estudá-la. Confesso que me apaixonei pela peça, embora me parecesse, na época, e agora ainda mais, diabolicamente difícil. Mas pensei: "sim, sim", e aceitei a proposta. Tenho de admitir que antes disso não havia sequer ouvido falar de Pierre Boulez; não por ele ser desconhecido, mas por pura ignorância minha. Mas eu estava muitíssimo feliz, trabalhei duro e aprendi a peça.

Um ano depois, na primavera de 1964, eu toquei o *Primeiro concerto* de Bartók pela primeira vez com Pierre Boulez. Foi uma experiência inesquecível em muitos sentidos, acima de tudo porque eu estava absolutamente fascinado por sua personalidade musical e seu modo de ver a música de diversas maneiras, e também porque aquele era um programa muito difícil. Ele continha o seu *Livre pour cordes* [Livro para cordas], *Music for a film scene* [Música para cena de cinema], de Schoenberg, e *Jeux* [Jogos], de Debussy – que eram obras que a orquestra não conhecia, eu creio –, e, em seguida, o *Concerto* Bartók, que não era tocado ali desde 1926. E já estávamos em 1964! Como eu disse, aquele era um programa realmente muito difícil. O nosso tempo de ensaio era escasso, e estou certo de que Pierre Boulez usou esse tempo de forma bastante econômica. Se eu puder arriscar-me a dizer, no entanto, acho que ele possivelmente subestimou a dificuldade do *Primeiro concerto para piano* de Bartók, especialmente naquela época. Aquela não era uma peça de repertório. Géza Anda costumava tocá-la, mas quase ninguém mais o fazia.

De qualquer modo, não houve tempo suficiente para ensaiar. Como já disse, a experiência foi, de muitas maneiras, inesquecível, e uma delas foi que durante os 23 minutos necessários para tocar o concerto – que para mim pareceram durar 24 horas – me senti como se estivesse num terreno escorregadio e incontrolável. Mas nós, enfim, o fizemos, e ele deve ter ficado satisfeito comigo, porque, logo depois, recebi um convite para tocar com ele no que acredito ter sido a primeira execução na França de *Kammerkonzert*, de Berg, e peças para piano de Schoenberg. As execuções aconteceram durante um festival de música, o *Le domaine musical*, que Boulez estava dirigindo em Paris na época – uma série de concertos de música de câmara dedicada à música contemporânea.

E esse foi o começo de uma parceria musical e de uma amizade muito estreita e muito importante para mim, tanto pessoalmente como artisticamente, que durou mais de quarenta anos. Quando me tornei diretor de música na Orquestra de Paris, em 1974, ele já havia deixado a cidade em sinal de protesto contra muitas coisas das quais discordava, provenientes do Ministério da Cultura daquela época. E então ele convenceu o presidente da França, Georges Pompidou, a construir o IRCAM, um centro de coordenação e pesquisa de música/acústica em Paris. Foi assim que Pompidou o persuadiu a voltar a Paris e Boulez suspendeu, digamos assim, a proibição que ele havia imposto à Orquestra de Paris da dependência do Ministério da Cultura.

Foi Boulez quem dirigiu minha primeira temporada em Paris. Ter Pierre Boulez em cena era uma das situações mais maravilhosas que se podia imaginar – ele esteve na direção não apenas quando era convidado, mas também quando aconteciam cancelamentos de última hora e ele, muito amavelmente, se oferecia como substituto. Isso era um grande luxo, e pudemos compartilhar muitas das nossas visões sobre a música e especialmente sobre o papel da música contemporânea. Foi uma grande alegria e fonte de grande apoio artístico para mim. Por isso, quando vim a Chicago como diretor de música, ele foi o primeiro a quem convidei para regente. A relação entre ele e os músicos da orquestra foi tão boa e frutífera que pedi a ele que se tornasse nosso principal regente convidado. E o resto é história.

Nasci na Argentina e me mudei para Israel aos dez anos de idade; esses foram os anos de minha formação. Para mim, a música contemporânea naquela época era a de Bartók, que tinha falecido sete anos antes de nossa ida para Israel, e a de Stravinsky, que ainda estava vivo e a quem fui apresentado algum tempo depois. Eu conhecia os compositores soviéticos, especialmente aqueles que fizeram composições para piano – Prokofiev e Shostakovich e outros menos considerados, como Kabalevsky e Khachaturian. Mas os principais compositores, os mais importantes, eram Bartók, Stravinsky, Shostakovich e Prokofiev. No meu primeiro concerto em Nova York, toquei o *Primeiro concerto* de Prokofiev e também interpretei, pela primeira vez fora da União Soviética, a *Nona sonata* de Prokofiev, logo após sua morte, no início de 1955. Mas, de qualquer forma, isso não me satisfez completamente. E, embora eu não soubesse o *Primeiro concerto para piano* de Bartók, toquei a *Suite Op. 14* e outras peças para piano. E Stravinsky, é claro, a *Sonata*. Eu havia estudado regência em Salzburgo com Igor Markevich, que foi possivelmente o defensor mais forte do *Le Sacré du Printemps* [A Sagração da Primavera] naquele tempo.

Quando Boulez chegou, nos preparamos e interpretamos *Kammerkonzert*, de Berg. Foi o meu primeiro contato com a Segunda Escola Vienense, uma das principais deficiências em minha formação. E era notável ver como Boulez entendeu tão bem a gama de possibilidades harmônicas em Schoenberg nos primeiros anos e, posteriormente, sua eventual ruptura com ela e o desenvolvimento do sistema dodecafônico. Foi muito importante para mim conhecer alguém que tinha vindo para a música sem partir da base harmônica, como eu havia feito, e que havia visto a música em termos da estrutura das frases e da forma das peças.

Como diretor da orquestra, Boulez não só tornou a música da Segunda Escola Vienense mais acessível, mas a fez parte integrante do repertório regular das orquestras. Ele tinha a capacidade de tornar a música muito mais transparente do que o público estava acostumado a ouvir, realçando os diferentes aspectos da estrutura musical e suas sutilezas – preparando o caminho para que muitos músicos pudessem abordá-la com um grau de compreensão que teria sido totalmente impossível sem a capacidade de ouvir os seus detalhes. Se quisesse explicar qual é a principal contribuição de Boulez como condutor, diria que é a sua capacidade de tornar cada nota audível, até mesmo nas peças mais complexas. Todas as linhas se tornavam inteligíveis, e isso permitia a seus seguidores fazer leituras interpretativas pessoais.

Posteriormente, aproximei-me do Boulez compositor. A primeira de suas peças que estudei foi a *Le marteau sans maître*; e a primeira das que conduzi foi um movimento do *Pli selon pli*, se não me engano, em que aparecia um cantor, mas ele fez uma versão para orquestra sem o cantor para que eu pudesse levá-la numa turnê pela União Soviética. Com a Orquestra de Paris, eu conduzi *Rituel* [Ritual] e outros trabalhos. Logo depois, encomendei as *Notations* [*Notações*], que deveriam ser doze peças para orquestra. As quatro primeiras peças foram entregues em 1979, e nós as estreamos em 1980. Tive a sorte de reger aquelas quatro *Notations* em muitas orquestras diferentes e diversas vezes nesses últimos 25 anos. Vi suas peças se tornarem parte de meu repertório e também parte do repertório regular de outras orquestras. O que me leva a um dos pontos mais importantes da música contemporânea com o qual ele e eu concordamos sinceramente: frequentemente, o problema com a música atual é que os trabalhos não são repetidos o suficiente. Em consequência, não é possível adquirir-se a familiaridade necessária – em primeiro lugar, para a orquestra. Por tocar uma nova peça apenas uma vez, mesmo depois de prepará-la muito bem e nunca mais repetir essa apresentação, a orquestra não pode chegar à familiaridade da qual necessita para tocá-la com maior liberdade. E, naturalmente, nem o público. Penso que foi Nietzsche quem disse que, no fim, nós acabamos gostando apenas do que conhecemos ou do que nos traz à lembrança algo já familiar. E isso é, de fato, verdadeiro; em outras palavras, a familiaridade não tem de produzir só o desprezo.

Vi isso acontecer com as *Notations*, que se tornaram parte do repertório regular da Orquestra de Paris. E percebi ainda que essas quatro *Notations* se tornaram uma parte regular do repertório do Staatskapelle, em Berlim, que não havia tido nenhuma associação prévia com esse tipo de música. Eu as dirigi várias vezes com a Filarmônica de Berlim, e em Chicago, é claro, elas agora também fazem parte do repertório.

As composições de Boulez sempre conseguem dar possibilidades máximas ao material utilizado. Em outras palavras, se ele tem a opção de escolher entre escrever algo muito simples ou criar algo mais complexo, porém mais colorido e interessante, então, naturalmente, ele escolherá este último. Ele não pertence à escola que acredita que o último toque que um compositor deve dar à sua música é o golpe que dará ao trabalho a sua simplicidade máxima. Eu acredito que ele nem sequer pensa nisso; não lhe interessa em absoluto. Sua preocupação maior está em tornar esses materiais tão interessantes quanto possível, e se isso significar ter também de torná-los mais complexos, então ele assim o fará. Naturalmente, Boulez também possui um criativo senso de orquestração; assim, mesmo aqueles que não estão familiarizados com a linguagem musical, quando assistem a peças como as *Notations*, são atingidos por uma riqueza de cores orquestrais. O aspecto da orquestração de cores é parte integrante dos seus ideais musicais. Tenho certeza de que ele imagina o material de modo abstrato como uma linha de notas, mas imediatamente depois disso, eu creio – e isso é pura especulação da minha parte – que ele lhe confira uma espécie de cor orquestral. Não é algo que se pode apenas colocar ali, como se fosse uma cobertura de chantilli sobre o bolo. Um é parte do outro.

Para compreender a tão conhecida rebeldia de Boulez contra a educação em geral e contra a cultura musical francesa, é importante entender a vida musical daquele país, que, a título de registro, é uma sequência de eventos totalmente ilógica. Quando lembramos que *Le Sacré du Printemps* foi executado em Paris antes do *Concerto para piano em ré menor* de Brahms, percebemos que algo está errado! *Le Sacré du Printemps* teve sua estreia na capital francesa em 1913; o concerto de Brahms foi executado pela primeira vez em Paris, em 1936, por Artur Schnabel. Assim, quando alguém diz que Pierre Boulez foi um crítico da vida musical francesa, vemos que ele realmente o foi, e, de tantas formas, porque havia muito a criticar. Muitos desenvolvimentos musicais importantes não aconteceram na França, e soma-se a isso o fato de que houve uma visão chauvinista muito limitada de toda a música francesa, apesar da sua qualidade. Pierre Boulez sempre foi internacionalista, com uma capacidade para ver contribuições nacionais individuais como elementos que podem levar a novos desenvolvimentos da arte e da ciência da música.

As rebeliões de Pierre Boulez em todas as fases de sua vida foram muito fortes e prósperas, porque ele tinha o conhecimento de tudo o que foi mencionado acima. Ele sabia muito sobre a música do passado, e não viu a música de seu tempo como um simples intervalo do passado, mas sim como uma continuação inevitável dele. Isso representou também uma nova maneira de pensar, porque os tradicionalistas viram o mundo da música tonal chegando ao fim com *Tristão*; depois disso, houve uma ruptura completa e, em seguida, o começo de algo novo – a atonalidade. Mas Boulez, contrariando isso, fez a conexão. E é por isso que sua defesa de Mahler, por exemplo, deve ser vista por esse prisma, como um processo evolutivo. Em outras palavras, Boulez foi revolucionário, mas um revolucionário em prol da evolução, e não unicamente pela própria revolução em si. Penso que isso seja o mais extraordinário sobre ele – Boulez não estava apenas dizendo que o passado tinha acabado, mas também que tínhamos de começar algo diferente naquele exato momento.

Ele foi também um dos primeiros músicos a entender a música francesa da primeira metade do século XX, principalmente Debussy e Ravel – em especial o primeiro, devo dizer –, como algo mais do que simplesmente cor. Ela tem profundidade, articulação. Ele encontrou a verdadeira riqueza do idioma de Debussy de muitos modos diferentes. Alguns compositores são afortunados nisso, eles inspiraram a história da interpretação musical de muitos ângulos. Debussy, até então, tinha poucos admiradores e, no início, o maior defensor de sua música para piano foi Walter Gieseking, que a tocou magnificamente, mas de forma unidimensional. Em sua execução, tudo é etéreo, apenas uma sombra das cores. E, repentinamente, Pierre Boulez aparece com seu sentido de estrutura e realiza interpretações não apenas maravilhosas da música de Debussy, mas oferece um caminho muito claro em direção à compreensão de sua profundidade.

Lembro-me de Boulez assistindo ao concerto da *Oitava* de Bruckner, dirigido por mim, em Paris. No final do espetáculo, ele veio me dizer: "Oh, essa música é tão simplista". Ao que respondi: "Mas o movimento lento deve ser interessante para você, os ritmos são de dois por três". "Ah!", ele disse, "mas isso já foi feito antes e muito melhor por Wagner no segundo ato de *Tristão*". E com aquele comentário, ele liquidou com Bruckner. Mas devo admitir que, aproximadamente dez anos mais tarde, Boulez demonstrou toda a sua grandeza e inteligência assimilando muitas coisas que talvez não tivesse entendido naquela época. E essa é uma lição maravilhosa para nós, pois existem pessoas que muitas vezes têm ideias e causas muito claras pelas quais lutar, e se agarram a elas firmemente. Na verdade, isso é muito corajoso e louvável. Mas há um passo ainda maior do que esse, e é isso o que Boulez representa para mim. Ele sabe que certas decisões ou opiniões suas estão relacionadas a uma certa idade, a um certo período. Nos anos 1970, era praticamente necessário que ele *não* percebesse as belezas em Bruckner, porque estava lutando por causas que eram muito mais importantes para ele, e com razão.

Aquelas causas não só tomavam seu tempo, mas também sua mente, exigindo sua total concentração; musicalmente falando, eram de um mundo totalmente diferente de Bruckner. Mas depois que ele superou aquela etapa, pôde então abrir a mente para as belezas de um outro tipo de música. Embora Pierre Boulez pareça ser um homem cheio de contradições e paradoxos, na verdade não é. Não há nada de contraditório sobre suas opiniões ou sobre suas ações, mas ele particularmente tem um senso de clareza de pensamento do qual necessita num determinado momento. Quando aquele momento finda, ele torna-se disposto e é capaz de examinar os mesmos pensamentos num tempo e num contexto diferentes, e essa é uma qualidade muito rara.

5. Recordando Edward Said
Sobre a morte de
Edward Said[1]

Talvez a primeira coisa de que todos se recordem sobre Edward Said seja sua amplitude de interesses. Ele não se sentia à vontade apenas com a música, mas também com a literatura, a filosofia e a política. Ele foi uma daquelas raras pessoas capazes de ver as conexões e os paralelos entre assuntos diferentes, pois tinha uma excepcional compreensão do espírito e do ser humano e reconhecia que paralelos e paradoxos não são contradições.

Ele viu na música não somente uma combinação de sons, mas também entendeu o fato de que cada obra-prima musical é, supostamente, um conceito do mundo. E a dificuldade reside no fato de que este conceito do mundo não pode ser descrito em palavras – pois, se isso fosse possível, a música seria desnecessária. Mas ele compreendeu que o fato de ser indescritível não quer dizer que não tenha nenhum significado.

Essa mente tão curiosa, naturalmente, lhe permitiu vislumbres privilegiados do subconsciente das pessoas, dos autores. E, mais do

---

[1] Texto de Daniel Barenboim publicado em 25 de setembro de 2003.

que isso, ele era de uma coragem ilimitada e espontânea na expressão de seu pensamento, o que o fez ganhar a admiração, bem como a inveja e a inimizade, de tantas pessoas.

Muitos israelenses e judeus não puderam tolerar as críticas que Said lhes dirigia também não somente acerca do seu atual governo, mas de uma certa mentalidade que ele reconheceu em pensamentos e ações dos israelenses – a saber, a incapacidade de compreender que a Guerra da Independência de Israel, em 1948, que ocasionou a aquisição de uma nova identidade para a parte judaica da população, não foi somente uma derrota militar, mas também uma catástrofe psicológica para a população não judaica da Palestina. Por isso, Said foi bastante crítico em relação à falta de capacidade dos líderes israelenses em realizar os necessários gestos simbólicos que devem preceder qualquer solução política. Os árabes, por outro lado, foram e ainda são incapazes de aceitar a sensibilidade de Said com relação à história judaica, limitando-se a repetir que não tiveram culpa pelo sofrimento vivido pelo povo judeu.

Foi precisamente essa capacidade de perceber não apenas os diferentes aspectos de qualquer pensamento ou processo, mas as suas consequências inevitáveis – e também a combinação do lado humano, psicológico e histórico, conforme o caso, a "pré-história" de tais pensamentos e processos. Ele foi uma daquelas raras pessoas que estão constantemente conscientes do fato de que a informação é apenas o primeiro passo em direção à compreensão. Sempre procurava pelo que estava "adiante" em determinada ideia, o "não visível" aos nossos olhos e o "não audível" aos nossos ouvidos.

Foi a combinação de todas essas qualidades que o levou a fundar comigo o *West-Eastern Divan*, um fórum que oferece a jovens músicos israelenses e árabes a possibilidade de aprender, juntos, a música e todas as suas ramificações.

Com sua partida, os palestinos perderam um dos defensores mais eloquentes das suas aspirações. Os israelenses perderam um adversário – mas justo e humano. E eu perdi minha alma gêmea.

6. Eu tenho um sonho[1]

Apenas 24 horas. Para mudar o mundo, deve-se respeitar esse período de tempo. Em meu sonho, sou o primeiro-ministro de Israel, e minha batuta rege uma nova e magnífica sinfonia – um tratado que celebra a convivência harmoniosa entre Israel e a Palestina. Nesse trabalho, eu realizarei o que foi impossível até agora – os direitos iguais desses dois povos no Oriente Médio. O tema da abertura tem Jerusalém como a capital comum a ambos; essa cidade sagrada deve se tornar imediatamente um lar que possa ser compartilhado por cristãos, muçulmanos e judeus. Para mim, Jerusalém é a cidade onde ainda ressoa a história por trás das civilizações antigas de Roma e Atenas.

É manhã de quinta-feira, são oito horas. Dia ensolarado, o ar brando e agradável de outono, que exala o sentimento de que uma mudança histórica importante está sendo criada. O filósofo Baruch Spinoza bate à porta da minha casa, que fica exatamente em frente à parede de orações. Embora ele esteja morto há trezentos anos, eu o escolhi como meu conselheiro. Ele trouxe meu prato preferido, homus, e tínhamos também suco de laranja fresco e café forte.

---

[1] Artigo de Daniel Barenboim, originalmente publicado em *Die Zeit*, em outubro de 1999.

Ao terminarmos a refeição, o telefone toca. É meu amigo Edward Said. Na vida real ele é professor de literatura na Universidade Columbia, mas em meu sonho ele era o escolhido, pelos palestinos, para assinar o tratado de paz. "Ei", eu digo, "onde você estava? Queremos realizar a paz hoje e você se atrasa?". Finalmente, com sua chegada, nós três sabemos que não haverá volta. Para começar, decidimos que o tratado de paz será decretado no dia 15 de maio, pois nessa data, há 51 anos, nossos povos entraram em guerra. Para os judeus, aquela foi a Guerra da Independência; para os palestinos, foi o *Alnakbah* – "a Catástrofe". A partir de amanhã, essa data representará o aniversário da guerra, mas será conhecida como o "Dia da Paz".

Existem três condições a serem cumpridas ou o tratado não valerá sequer o papel em que foi escrito. Em primeiro lugar, ambos os países serão obrigados a trabalhar juntos. Essa cooperação será tão estreita que não só o nosso futuro econômico, mas também o cultural e o científico, estará entrelaçado. Isso assegurará que Palestina e Israel permaneçam tão intimamente ligados quanto uma família, e também significará solidariedade. Por exemplo, o que deve ser feito com o dinheiro que os bancos europeus roubaram dos judeus durante o período fascista? Se não houver herdeiros para receber os seus direitos, meu sonho é que Israel utilize esses milhões de dólares com os refugiados da Palestina.

Em segundo lugar, sou a favor do armamento de ambas as nações. Israel deve permanecer vigilante contra o mundo árabe, mas a Palestina deve fazer o mesmo (pelo menos, em prol de sua própria paz de espírito). Será muito difícil para os judeus ultrarreligiosos aceitarem isso. Em meu tratado, proponho estratégias para separar a Igreja e o Estado – separação que existe em todo o restante do mundo ocidental. No entanto, estou disposto a fazer qualquer coisa pelos religiosos e pelo estudo da religião. Afinal, o judaísmo é quase uma ciência, e o Talmude é muito mais do que um simples texto para ser declamado. Mas o que deve ser feito sobre o pesadelo que são os grupos religiosos radicais…?

Por fim, ficou resolvido que o tratado criará um novo serviço secreto interno, que será composto tanto pelo exército como pela polícia. E que tal chamá-lo de "Ministério da Paz"? Ele será conduzido por um juiz, e não por um militar, pois assegurará a transparência num modelo de conduta que não poderia durar sob o comando dos falcões do exército. Em meu sonho, isso criaria um novo horizonte para muitos, um período cheio de vida e de emoções triunfantes. Quem quer que fosse contra a paz seria condenado a cinco anos de reclusão numa espécie de *gulag*, para onde até mesmo os palestinos seriam enviados. Um tipo de expiação que asseguraria a mudança do comportamento. Deixe que eles aprendam uns com os outros!

Os convidados começaram a chegar assim que terminamos os três pilares do tratado. Intelectuais israelenses e palestinos, músicos, escritores e filósofos, cujas opiniões são a pedra de toque da paz. A fumaça de charutos está suspensa no ar. Há muito debate. De repente, ouve-se uma batida na porta. A sala fica em silêncio, e, como se fossem apenas uma, as cabeças dos convidados se voltam em direção à entrada. David Ben Gurion e Gamal Abdul Nasser chegam. Em meu sonho, eles fizeram uma aliança e são contra o meu tratado. Dirigem seu total desprezo a Said e a mim, sacudindo os dedos no ar e repetindo palavras como "traição de Israel" e "traição do nacionalismo árabe".

Sem me mover, explico-lhes que chegou o tempo de abrir mão do controle de mais de um milhão e meio de palestinos. Temos o dever de mudar. Isso é imperativo não só por razões morais, mas também para o futuro do judaísmo. Se o Estado de Israel não aprender a abraçar a paz e a abrir suas fronteiras, correrá o risco de se tornar um gueto.

É vital que o meu povo entenda que não se trata de prestar um favor aos palestinos, pelo contrário, é a única chance que nós, os judeus, temos de evoluir. Para aqueles que se esgotam com a guerra, não restaram forças para uma futura paz. Ben Gurion e Nasser estão impressionados.

Então, conto uma piada judaica que ilustra as lutas interiores do meu povo. "Cinco judeus se encontram para decidir o que é importante para a raça humana. Moisés coça sua cabeça e diz: 'a capacidade de pensar'; Jesus coloca a mão no coração e diz: 'a compaixão'.

Marx esfrega a barriga e diz: 'a comida'; Freud agarra sua virilha e diz: 'o sexo'; e Einstein toca seus joelhos e diz: 'tudo é relativo'". Como vemos, a piada explica por que os judeus, muitas vezes, são tão consumidos pela dúvida.

O dia termina com uma comemoração. É hora do jantar. O banquete é generoso: comida *kosher* ao lado de iguarias árabes. Albert Einstein está lá; ele está um bocado aborrecido, porque tem certeza de que os campos gravitacionais entre os dois grupos irão destruir os meus planos. Está sentado ao lado de Spinoza, que explica como a crença em somente uma visão pode enfraquecer todo o vigor intelectual do indivíduo. Naturalmente, o dramaturgo Heiner Müller também está presente, fumando um charuto longo e diferenciado, fazendo afirmações do tipo: "Shakespeare usa Hamlet como um *alter ego* para modificar o mundo". A presença do chanceler alemão Gerhard Schröder é tolerada porque ele fará a doação de um estojo de charutos "Cohibas". Ludwig van Beethoven, sentado à cabeceira da mesa, está com a cabeça arqueada e esboça algumas notas, inventando um hino fantástico para os dois novos Estados. Richard von Weizaecker, elegante, como sempre, um grande político e amigo de Israel, fala das semelhanças entre Berlim e Jerusalém. Eu fico pensando que talvez ele pudesse ser o primeiro prefeito da nova capital Jerusalém, quando Martin Luther King Jr. entra pela porta, gritando: "Você tem um sonho? Você é o Barenboim, não é?". Ele me segura pelos ombros, acaricia minha cabeça e diz: "Não sei se devo rir ou chorar – você está vivo e eu estou morto".

Seria mesmo um sonho? Na verdade, eu já realizei uma pequenina parte dele ao criar uma orquestra na qual jovens músicos judaicos e palestinos tocam juntos como se sempre tivessem feito isso. Pela música, afastamos a hostilidade. É intolerável pensar que, neste novo milênio, o Oriente Médio permanecerá o mesmo que foi durante o século passado – um barril de pólvora, uma terra de ódio com povos à procura de supremacia nacional. Em meu sonho, são necessárias apenas 24 horas para se estabelecer a paz. A política pode levar mais tempo, mas não um tempo infinito.

7. Barenboim ao receber o Wolf Prize[1]

Eu gostaria de exprimir minha profunda gratidão à Fundação Wolf pela grande honra conferida a mim hoje. Esse reconhecimento não é somente motivo de orgulho para mim, mas também uma fonte de inspiração para que eu me dedique ainda mais à atividade criativa.

Foi em 1952, quatro anos depois da *Declaration of Israel's Independence* [Declaração da Independência de Israel], que eu, na época com uns dez anos de idade, vim da Argentina para Israel com meus pais.

A Declaração da Independência foi uma fonte de inspiração para que acreditássemos em ideais que nos transformaram de judeus em israelenses. É um documento notável que expressa este compromisso:

> O Estado de Israel irá se empenhar em promover o desenvolvimento deste país em benefício de seus habitantes; será baseado nos

---

[1] Em Jerusalém, Israel, em maio de 2004. [Discurso de Daniel Barenboim ao receber o Wolf Prize no parlamento israelense. (N. E.)]

princípios de liberdade, justiça e paz, como imaginado pelos profetas de Israel; concederá direitos iguais, sociais e políticos, a todos os seus cidadãos independentemente de diferenças de fé religiosa, raça ou sexo; assegurará a liberdade de religião, consciência, língua, educação e cultura.

Os patronos fundadores do Estado de Israel, que assinaram a Declaração, comprometeram a si mesmos e a nós também "em perseguir a paz e as boas relações com todos os Estados e povos vizinhos".

Hoje, eu me pergunto com profundo pesar: será que podemos, apesar de todas as nossas realizações, ignorar o abismo intolerável entre aquilo que a declaração da independência prometeu e o que foi cumprido, o abismo entre a ideia e as realidades de Israel?

Será que a condição de ocupação e dominação de outro povo é compatível com a Declaração da Independência? Existe algum sentido na independência de um país à custa dos direitos básicos de outro?

Será possível que o povo judeu, cuja história é um registro de sofrimento contínuo e perseguição implacável, seja indiferente aos direitos e ao sofrimento de um povo vizinho?

Poderia o Estado de Israel permitir-se o sonho irreal de um final ideológico ao conflito, em vez de objetivar um fim pragmático, humanitário e baseado na justiça social?

Acredito que, apesar de todas as dificuldades objetivas e subjetivas, o futuro de Israel e sua posição na família de nações esclarecidas dependerão da nossa capacidade de realizar a promessa dos fundadores que foram expostas na Declaração da Independência.

Sempre acreditei que não existe uma solução militar, moral ou estratégica para o conflito entre árabes e judeus e, visto que uma solução é inevitável, eu me pergunto: por que esperar? Foi por essa razão que fundei, juntamente com o meu amigo, Edward Said, falecido recentemente, um *workshop* para jovens músicos judeus e árabes vindos de todos os países do Oriente Médio.

Apesar do fato de que, sendo uma arte, a música não pode comprometer seus princípios, e, por outro lado, sendo a política a arte do compromisso, quando a segunda transcende os limites da existência presente e se eleva à mais alta esfera do possível, pode fazê-lo por meio da música. A música é, por excelência, a arte do imaginário, uma arte sem nenhum dos limites impostos por palavras, dos sons que cruzam todas as fronteiras e que toca a profundidade da existência humana. E, como tal, ela pode levar as sensações e a imaginação de israelenses e palestinos a novas e inimagináveis esferas.

Por isso, decidi doar a soma em dinheiro recebida como prêmio a projetos de educação musical em Israel e Ramallah. Obrigado.